激发灵感的 发明故事

本书编写组◎编

重新寻回难得的感动，
重新唤起对真善美的追求！

JIFA
LINGGAN DE
FAMING GUSHI

广州·北京·上海·西安
世界图书出版公司

图书在版编目（CIP）数据

激发灵感的发明故事／《激发灵感的发明故事》编
写组编．—广州：广东世界图书出版公司，2010.7（2024.2重印）
ISBN 978－7－5100－2532－7

Ⅰ．①激… Ⅱ．①激… Ⅲ．①故事－作品集－世界
Ⅳ．①I14

中国版本图书馆 CIP 数据核字（2010）第 147821 号

书　　名	激发灵感的发明故事	
	JI FA LING GAN DE FA MING GU SHI	
编　　者	《激发灵感的发明故事》编写组	
责任编辑	冯彦庄	
装帧设计	三棵树设计工作组	
出版发行	世界图书出版有限公司　世界图书出版广东有限公司	
地　　址	广州市海珠区新港西路大江冲 25 号	
邮　　编	510300	
电　　话	020-84452179	
网　　址	http://www.gdst.com.cn	
邮　　箱	wpc_gdst@163.com	
经　　销	新华书店	
印　　刷	唐山富达印务有限公司	
开　　本	787mm×1092mm　1/16	
印　　张	13	
字　　数	160 千字	
版　　次	2010 年 7 月第 1 版　2024 年 2 月第 9 次印刷	
国际书号	ISBN　978-7-5100-2532-7	
定　　价	59.80 元	

前 言

　　在漫长而又艰辛的历史长河中，许多伟大的发明都体现着人类无穷的智慧和创造精神。勤劳的世界人民用自己的智慧和双手创造出了灿烂绚丽的人类文明，推动着社会的前进。

　　印刷术、天文望远镜、飞机、原子弹、人造血管等，是推动社会进步的伟大发明；肥皂、镜子、牛仔裤、罐装食品等，是满足人们日常生活的伟大发明。想知道这些现在看起来相当普遍的东西当初发明时是多么的不容易，发明者在发明这些东西时所发生的有趣故事，翻开这本有意思的书，答案就在里面：

　　火药的发明，仅仅是因为想长生不老的方士炼丹时打瞌睡一时大意发现的；降落伞的发明，只是一名囚犯想象飞跃高墙的逃生方法；最初的人造血管其实是来源于带状电缆；我们每天几乎都会使用的肥皂，也只不过是一位小厨师的粗心产物；现在已成为时尚人士宠儿的牛仔裤当初可是被当成伪劣商品……

　　读读这些有趣的故事吧，了解一个个影响深远的伟大发明的诞生过程，它会使你更加地热爱科学，更加地热爱创造，更加地热爱生活。

编　者

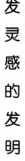

激发灵感的发明故事

目 录

物理、医学篇

激发灵感的发明故事

1

交通、通信篇

激发灵感的发明故事

天文、军事篇

日常生活篇

激发灵感的发明故事

青少年精品故事丛书

物理、医学篇

火车刹车的发明

在1829 年举行的一次"火车竞赛"中,英国的斯蒂芬森驾驶着满载的"火箭"号机车,以 56 千米/小时创造了陆地车辆奔跑速度第一的记录。此后不久,呼啸的火车开始奔驰在美国和欧洲大陆。形成了铁路交通运输业蓬勃发展的新时代。但是,这时的火车有一个致命的缺点是刹车不灵,这就会导致运行事故。所以在一般公众眼里,火车是一种不安全的交通工具。

当时的火车刹车装置十分原始,仅仅是装在车头上,完全凭司机的体力扳动闸把来刹车,所以很难使沉重的列车迅速停下来。后来改进为每节车厢上都安一个单独的机械制动闸,配备一个专门的制动员,遇有情况,由司机发出信号,各个制动员再扳下闸把。但是这样仍不能迅速地刹住列车。因此,发明一种灵敏有效的火车刹车装置,已成了铁路系统一项亟待解决的大问题。

美国人威斯汀·豪斯在一次偶然的事件中被激起了发明新型火车空气闸的念头,他在一次旅行中,恰好赶上了因火车刹车不灵造成的严重撞车事故。威斯汀·豪斯当时就下定决心,要发明一种有效的制动闸,来避免交通事故的发生,保障铁路运输的安全。

他首先想到了蒸汽,既然列车是蒸汽推动的,为什么不能用蒸汽来制动呢?威斯汀·豪斯设计了一套装置,用管路把锅炉和各个车厢连接起来,试图用蒸汽来推动汽缸活塞,从而压紧闸瓦,达到刹车的目的。但是由于高压蒸汽在长长的管路里迅速冷凝,丧失压力,实验未能取得预想的效果。

威斯汀·豪斯在一筹莫展时,有一天他偶然买了一份《生活时代》

报，一条报道法国开凿塞尼山隧道，介绍压缩空气驱动大型凿岩机的消息，使他联想到制动闸：既然压缩空气可以驱动凿岩机，开掘坚硬的岩石，或许也能够驱动火车制动闸。

基于这个想法，威斯汀·豪斯终于制成了新型的空气闸。其原理并不复杂，只要增加一台由机车带动的空气压缩机，通过管道将压缩空气送往各个车厢的汽缸就行了。刹车时，只要一打开阀门，压缩空气就会推动各车厢的汽缸活塞，将闸瓦压紧，使列车迅速停下来。

1868 年，年仅 23 岁的威斯汀·豪斯取得了空气制动闸的专利权，组成了威斯汀·豪斯制动闸公司。直到今天，空气制动闸仍然是火车和汽车运行的安全保障。

水在浴缸中的旋转方向的发现

美国麻省理工学院有位教授名叫谢皮罗。他是一个做事认真仔细，而且善于动脑筋的人。

夏天的一个中午，他在家里的浴缸里洗澡，当他把水塞拔掉时，发现了这样一种现象：水总是按逆时针方向旋转。

为了证明这个现象，谢皮罗教授做了一个实验。

他设计了一个碟形容器，然后在容器里灌满水，当他拔掉碟底的塞子时，碟子里的水同样形成逆时针方向旋转的旋涡。

这个实验证明，这种现象并非偶然，它反映了一个自然规律。

"这一定与地球的自转有关系。"谢皮罗在心里这样想着。是啊，因为地球是自西向东旋转的，那么，生活在地球北半球的人所看到的浴缸里放水的旋涡都是逆时针，而生活在地球南半球的人所看到的浴缸里放水的旋涡是顺时针的。如果地球停止转动的话，那么，浴缸里放水也就不会产生旋涡了。

多么常见的一种现象啊，这种现象也许很多人都发现过，但都没能引起注意加以证明，而谢皮罗教授通过实验却从中引出了一条科学规律。

浮力定律的证明

阿基米德是古希腊最伟大的科学家之一，在力学、几何学、天文学、机械工程技术等方面都取得了辉煌成就。阿基米德死后约 2000 年，英国的牛津出版社出版了《阿基米德遗著全集》，可见他在科学史上的地位。

据说，他发现浮力定律还是一个生动有趣的故事呢。

阿基米德出生在公元前 287 年，家乡是地中海西西里岛上的一个繁华城市——叙拉古。有一年，叙拉古亥厄洛王叫工匠为他做一顶纯金的王冠。等到王冠做好以后，亥厄洛王把王冠称了称，正好与自己给他的金子一样重，心想："天下能有这样的巧事吗？刁钻的工匠会不会在王冠里掺假呢？"

亥厄洛王命令阿基米德研究这个问题，一定要查清楚工匠是否在王冠中掺进去银子或者其他金属，并算出重量，而且对王冠还不能有一丝一毫的损坏。

这下，阿基米德可犯难了，他做了一辈子学问也没遇到这样的事呀。日子一天天过去了，王冠的事还没有一点头绪，可亥厄洛王又来了命令，要他到王宫里去汇报研究情况。阿基米德一边思索着，一边走向了浴室——为了研究王冠问题，他已经好长时间没有洗澡了，想先到澡盆里洗个痛快澡，轻松轻松。当他进到澡盆里时，澡盆里的水因为满满的，开始往外溢，直到他在澡盆里坐定才停止往外溢；当他走出澡盆时，发现水又低于盆口，于是，他再次进入澡盆，盆里的水又慢慢升起，变得满满的……就这样，阿基米德从澡盆里出来，又进去，进去又出来，终于想出了解决王冠问题的办法。

阿基米德赶紧穿上衣服，来到了亥厄洛王的王宫："国王，只要各拿一块与王冠等重的金子、银子，我就能知道王冠中是否掺假。"

国王立即吩咐手下的人取来与王冠一样重的金子和银子。阿基米德把金块、银块和王冠分别放入盛满了水的盆中，笑着说："瞧，金块排出的水量和王冠排出的水量明显不同。显然，这王冠中掺假了。否则，王冠排出的水应该与金块排出的水一样多。"接着，他又用数学方法求得了掺入王冠中的银子的重量。

亥厄洛王听了佩服得五体投地，下令找来了那位工匠。在事实面前，工匠只好承认在王冠中掺进了银子，换下了一些金子。

原来，阿基米德从洗澡中发现，把物体浸入任何液体中，液体所排出的体积都等于物体所浸入的体积；物体所受到的浮力，等于所排出的液体重量。这就是著名的浮力定律。

水的浮力

宋朝年间（公元 1066 年），河中府（今山西省）的城墙上贴了一张醒目的《招贤榜》，说是大水冲走了河中府城外那八头"系"浮桥的铁牛，现广召能人贤士打捞铁牛，重建浮桥，造福百姓。可是，过路的人看了看都走了，没有人敢问津。

原来，城外的浮桥是用许多空船一艘一艘排起来的，上面铺了一层木板，怕浮桥移动，特制了八头铁牛，每头上千斤，有的甚至重达万斤。可是，夏天的一场特大洪水竟然把浮桥和放在两岸的铁牛都冲得一干二净。要重建浮桥，没有铁牛怎么能行呢？于是，官府贴出了《招贤榜》，希望能有人来帮助解决这个难题。

有一天，和尚怀丙正好路过这儿，看了榜文以后，笑了笑说："让我来试试看吧。"说完，他轻轻地揭掉了榜文。

围观的人见了，都吃惊地说："师父，这可不是闹着玩的，揭了榜，又干不了，官府要治罪的。"

"再说，一头铁牛有成千上万斤重，你是神仙吗？能有这个能耐吗？"有的人为他捏了一把汗。

可是，怀丙和尚笑着对大伙说："水把铁牛冲走了，我还要叫水把铁牛送回来。"

大家听了，都说怀丙和尚在说梦话。

其实，围观的人不太了解怀丙和尚。他们并不知道这个出家人对数学、工程、建筑等科学都颇有研究呢。

第二天，怀丙和尚先请当地熟悉水性的人潜到水底摸清了铁牛的位置，再用绳子一头一头系好。然后，他指挥着一班船工开来了两艘大船，船里装满了沙，两船"一"字排开，中间搭了一个牢固的木架子，再把拴铁牛的绳子扣在架子上。最后，怀丙和尚让船工们把船里的沙往河里铲，并要求两艘船上的船工同时行动，不能有的船上铲得多，有的船上铲得少。

河岸上围满了看热闹的人，人们指指点点，弄不清怀丙和尚到底搞的是什么名堂。

随着两只船上的沙子逐渐减少，船身就一点一点地向上浮起来，铁牛渐渐地露出了尖尖的角、高高的脊背……当铁牛半浮在水中的时候，怀丙又让船工一起划船，把船划到了岸边，最后把八只铁牛全部打捞了上来。

这时候，围观的老百姓恍然大悟，无不赞叹怀丙和尚的杰出智慧。在当时，怀丙和尚利用水的浮力来打捞铁牛，堪称是工程学上的一个创举。

摆的等时性的发现

1582 年秋季的一天早晨，秋高气爽，阳光灿烂，意大利著名的物理学家、天文学家伽利略，和往常一样，早早地就来到了比萨大教堂做礼拜。

高大宽敞的教堂里，一盏悬挂在教堂中央上空的铜吊灯，映入了他的眼帘。只见铜吊灯被门外刮来的一阵阵秋风吹得左右摇摆，这个现象引起了他的注意。他看了很久，突然感觉到：吊灯摇动的幅度虽然不同，可是它所需要的时间好像是差不多的。

伽利略就坐在教室里静静地观察起来。

门外又吹来一阵风，吊灯便大幅度地摇摆起来。

伽利略连忙按着自己的脉搏，心中默默地数着数：1、2、3……一共是 20 下。吊灯摇动的幅度越来越小了，他再按住自己的脉搏来检查时，每次摆动的时间仍然是 20 下。经过多次验证：吊灯左右摇摆一次所需要的时间是相等的。

伽利略回到家里，躺在床上辗转反侧，那左右摇摆的吊灯仍在他的脑海里不停地摆动着。于是，他起身下床，找来一根绳子，吊上一个重物让它摆动。经过反复实验，结果伽利略发现：摆动一次所需的时间，与所吊的物体重量无关，而与绳子的长度有关。

后来，伽利略把这种摇摆特性称为"摆的等时性"。

其实，这盏铜吊灯在教堂里不知挂了多长时间，而且看见铜吊灯的人也不计其数，可是谁也没有发现什么秘密。然而，伽利略却因此启发思路，利用他发现的定律，发明了测量脉搏的"脉搏器"，后来又制造了钟表，发明了天文钟。数十年后，1656 年，荷兰科学家海更斯根据这一定律，发明了走时准确的机械摆钟。

激发灵感的发明故事

自由落体运动的证明

1590 年,对于意大利年轻的科学家伽利略来说,是最不寻常的一年。当时的科学界有许多谬论一直困扰着他,使他陷入深深的思考之中。

比如,古希腊的亚里士多德认为:"物体降落的速度和物体的重量成正比。"1800 年来,人们一直把这个违背自然规律的学说当作"颠扑不破"的真理。

年轻的伽利略大胆地对亚里士多德的学说表示否定。他的观点是:"如果两个不同重量的物体同时从空中落下,两者将会同时落地。"

这个观点却遭到那些权威的耻笑,说什么"只有傻子才这么认为"。

还有的人说:"千百年来,先贤们都没有否定的事儿,他要否定,莫非他比我们的先贤还要胜一筹? 真是太不自量力了。"

各种各样的冷嘲热讽一起向伽利略袭来。

有一天,伽利略来到城墙下散步,一抬头,只见两个大小不一的土疙瘩同时从城墙上坠落下来,最后都同时落地了。这无意间的发现,使伽利略眼前一亮:

"对,只要在比萨斜塔上做个实验,就可以证明我的理论是正确的,给那些不相信真理的人一个响亮的耳光。"

伽利略不禁为自己的想法暗暗地高兴起来。

在一个阳光明媚的早晨,那些权威和教授穿着紫色的长袍,排着整齐的队伍来到塔前,个个都摆出一副盛气凌人的架势。前来观看的人很多,大家议论纷纷。有不少人是来看伽利略的笑话的。

太阳渐渐地升高了,只见伽利略迎着朝阳,一步一步地登上了比萨斜塔。当他看见塔下熙熙攘攘的人群时,他大声喊道:"大家看清楚,铁球就要落下去了。"话音刚落,两个重量分别为 10 磅(实心的)和 1 磅(空心的)的铁球从 50 多米高的塔上坠落下来。

塔下有很多人为伽利略捏着一把汗,他们都目不转睛地注视着那两个铁球,只听"咚"的一声,两个球同时落地了。

这时,塔下的人群一阵骚动。那些权威和教授刚才的威风一扫而光,个个目瞪口呆。有些人则为伽利略感到高兴和自豪。

伽利略的试验揭开了自由落体运动的秘密,推翻了亚里士多德的学说。这个试验,在物理学的发展史上具有划时代的重要意义。

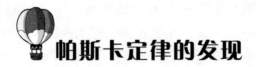

帕斯卡定律的发现

那是在 17 世纪,法国人帕斯卡在回家的路上看到一个园丁正在浇花。扁扁的水管一接上水龙头,立即就鼓胀起来,水从管子里流了出来。

帕斯卡感到很奇怪:"水管为什么会鼓起来呀?"他走过去站在管子上,可只把水管压得向下稍微凹了一点,他突然看到管子前面有几个小孔,如同人工喷泉,水喷得很高。

后来,他做了实验。他找来一只空心的气球,把它灌满水,并连上一个针筒。气球里有了水,就鼓了起来,用针在上面扎几个小孔,里面的水就会渗出来,用针筒推一下,增大了气球里的压力,气球里的水就会喷出来。无论向哪个方向,小孔里的水都一样有力地向外喷出来。

通过多次实验,帕斯卡终于搞清楚了,针筒里的压力可以传导给气球里的水,并随之传导到各个方向,各个角落里的压力都是一样的。这就是著名的"帕斯卡定律"。

万有引力定律的发现

300 多年前的一天,英国著名的科学家牛顿和他的好朋友史特克莱到花园里散步,他们走到一棵苹果树旁坐下休息。忽然,一个大苹果从树上落下,正打在牛顿的脑袋上。牛顿一愣,陷入了沉思:"苹果为什么不飞向天空,不飞向两旁,偏偏要垂直向下落呢?为什么向上抛的物体最终还是要向下落呢?大概地球有某种吸引力吧?"

牛顿对这个问题很感兴趣,就同史特克莱探讨起来。随后,他回到实验室认真研究起来。几经实验,他终于给出了答案。他说:"看来,宇宙中的一切物体之间,都存在着一种相互吸引的作用力,我们把它叫做'万有引力'吧。"他继续努力,最终发现了万有引力定律。

潮汐与万有引力定律

在一些地区,那里的海水一昼夜间两次涌上岸边,淹没了海滨浴场、沿海的低地,漫过沿岸岩石的尖顶,又再次退离岸边,露出岩石和海滨浴场,有些地方海水竟退到岸外 10 千米 ~20 千米处。大海似乎在进行着深呼吸,并且每次深深地"吸气"之后,紧接着便是大口地"呼气"。这种现象被称做涨潮和退潮,这一神秘的现象早就引起了科学家们的注意。

早在 2000 年前,人们便知道这种现象与月球有关,但对此无法作出解释。1687 年,牛顿的万有引力定律问世了。万有引力定律对此作出了回答:一切物体都是相互吸引的。物体间引力的大小与它们的质量成正比,而与物体间的距离的平方成反比。

太阳的质量比月球大千万倍,但太阳距地球比月球距地球远 390 倍。这就是在地球上感受到月球的引力比太阳的引力大 1.7 倍的原因。

在望月期间,太阳、月球和地球处在一条线上,潮水量最大。当连接这些天体的线呈直角时,正是月球运行周期的 1/4,这时的潮水量最小。因此,每隔两个星期,有一次最大潮和一次最小潮。在间隔期间,潮水量或者逐渐减少,或者逐渐增多。

月球的引力使水位升高,升高的水形成波浪,随着月球的运行在地球的表面滚动。在开阔的洋面上,由月球吸引力而生成的最大潮汐,平均高达近 108 厘米;而由太阳引起的潮汐则小多了,平均只有 50 厘米。在地球上某些沿海地区。潮汐高达 10～18 米,蔚为壮观。加拿大、阿根廷、澳大利亚沿岸和爱尔兰海域就有这样的大潮汐。在俄罗斯境内,最大的潮汐发生在鄂霍次克海及巴伦支海沿岸。而在地中海、黑海等内海,潮汐则要小得多。

这种由于月球引力引起的潮汐,一旦涌入宽阔的江河时,掀起的潮汐巨浪称为怒潮。怒潮迫使河水倒流。紧接着,海浪占据了河床。由于河床狭窄,因此浪峰增大,翻江倒海,其威力令人毛骨悚然。流入芬迪湾的加拿大佩蒂加科河中的怒潮,在大潮期海浪高达 3 米,在河水中,潮涌速度每小时达 11～12 千米。中国钱塘江的怒潮举世闻名,浪可高达 7～8 米,一条长 2 千米的水墙以 15 千米/小时的速度向前推进,场面甚为壮观。

牛顿的万有引力定律使得潮汐不再神秘,也使得宇宙中星球的运动规律不再那么难以捉摸。牛顿的出色工作使人们建立了信心:人类有能力揭开天地间各种事物的奥秘。

万有引力常数的发现

18 世纪的一天,研究引力的英国科学家卡文迪许来到了剑桥大学,去拜访正在那里研究磁力的科学家约翰·米歇尔。当他看见米歇尔用石英丝发生扭动来测定磁引力的大小时,深受启发。

回家后,卡文迪许立即做起了实验,找来一根细长的杆子,并在杆子的两端各安上一个小铅球,很像一个哑铃。然后用石英丝吊起两个哑铃,再用两个大小不一样的铅球分别去接近小铅球,通过观察石英丝的扭动来测出它们之间的引力。

可是,由于球与球之间的引力太弱,石英丝扭动的变化,肉眼是无法看出来的。这使他感到失望、沮丧。

第二天,卡文迪许去街上散步,当他来到街心花园时,孩子们的游戏深深地吸引了他。孩子们每人手里拿着一面小镜子,对着太阳光,把光线反射到对方的脸上,照花了眼的孩子就一边跑一边笑,你追我赶。站在一旁的卡文迪许看得津津有味,看着看着,突然大叫一声:"太好了!"然后掉头就跑。

原来,小镜子只要稍稍转动一个小小的角度,远处的光点就可以移动很大的距离。他一口气跑到实验室,投入到紧张的实验中。他在石英丝上固定一面小镜子,然后用一束光线去照射它,被小镜子反射回来的光线,照在一根刻度尺上。这样,即使石英丝发生微小的变化,刻度尺上也能明显地表示出来。人们把这种方法称为"扭秤"实验法。

1798 年,卡文迪许在这个实验的基础上,完成了伟大的科学家牛顿没能完成的事业——"万有引力常数"数值的测定,并且计算出了地球的质量。

红外线的发现

1800 年的一天早晨,年过花甲的英国天文学家赫歇尔正在通过桌上的一面三棱镜,欣赏太阳光透过它形成的七色彩带。

忽然,他想:"阳光带有热量,可是组成太阳光的七种单色光中,哪一种携带的热最多呢?"他灵机一动:"如果测得了每种光的温度,不就知道了吗?"

赫歇尔在实验室墙上贴上一张白纸,并让七色光带照在纸屏上。在光带红、橙、黄、绿、蓝、靛、紫以及红光区外和紫光区外的位置上各挂一支温度计。他发现,绿光区的温度上升了3℃,紫光区的温度上升了2℃,紫光区外的那支温度计的读数几乎没有变化。然而令他吃惊的是,红光区外的那支温度计的读数竟上升了7℃。

赫歇尔分析后认为,在红光区外一定还有某种人眼看不见的光线,而且这种光线携带的热量最多。

后来,科学界把这种看不见的光线命名为红外线,而赫歇尔也因此在科学史册上留名。

布朗运动

布朗是英国的一位生物学家。1827 年秋天的一个傍晚,布朗在他家的花园里散步,当他走近花园旁边的小水池时,发现水面上漂浮着许多花粉。由于职业的习惯,好奇的布朗立即取出怀中的显微镜,仔细地观察着,观察后发现了这样一种现象:这些细小的花粉在水面上无规则地运动着。

"花粉的运动,可能是因为花粉具有生命力的缘故吧!"这个现象引起了布朗的极大兴趣。他又把目光集中在一个细小的花粉颗粒上,发现这些小颗粒的运动是跳跃着的,无规则的,而且是非常短暂的。

"那么,没有生命的花粉是不是就不会运动了呢?"布朗立即回到了实验室里,根据这个想法做了一个实验。他把花粉放在酒精里浸泡,过了一段时间,酒精挥发了,花粉也干燥了,他认为花粉已经失去生命力,便开始做实验。结果,他在显微镜下发现,花粉仍在杂乱无章地不停地运动。

"原来,花粉无规则地运动,不是生命力的原因引起的。"这个结果是布朗意想不到的。为了进一步证明,布朗又做了一个实验:将玻璃片磨成粉末,然后撒在水面上。结果发现,这些毫无生命力的玻璃粉末,依然在做无规则的运动。这种奇怪的现象使布朗非常困惑,便将这个令他费解的问题公布于世。遗憾的是,直到他告别人世,这个问题也没有得到解决。

过了很多年以后,人们才把这个问题搞清楚:任何物体都是由分子组成的,分子在不停地做无规则的运动。为了纪念布朗,人们把这种现象命名为"布朗运动"。

磁电感应的发现

1833 年,迈克尔·法拉第在英国皇家学院获得教授的头衔。从一个没有受过正规教育的书铺学徒,到堂堂学府的教授,一时间成为科学史上的一段佳话。

法拉第出生在一个铁匠家庭里，13 岁那年，父亲把他送到一个书铺里当学徒。从此，他风里来雨里去，穿街走巷，用自己辛苦的劳动换取微薄的收入。可是，他从书铺中也找到了真正的快乐：书铺里有读不完的书。

"一根玻璃棒，在一块毛皮上摩擦几下就能产生静电，就能吸起一片片纸屑，真是太奇妙了。"有一次，法拉第从《大英百科全书》里看到了玛西特夫人讲述的实验，感到非常奇特，便照着书中讲的那样做起实验来。

他跑到药房里去找一些扔掉的小瓶子，买一些便宜的药品，躲在自己的小阁楼里精心地搞着自己的研究，如痴如醉。

后来，一个偶然的机会，法拉第被化学家戴维发现。这个发现了多种新元素的伟大化学家十分爱惜人才，尤其是对出身寒门的人才格外爱惜。他把法拉第招到了皇家学院，做自己的实验助手。到了皇家学院的实验室，法拉第如鱼得水，专心致志地开始了自己的研究工作。

当时，科学家已经证明电能可以转变成磁，可是，磁能不能转化成电呢？还没有科学家能够用实验来证明这一点。法拉第决心把这个问题弄个明白。

在这之前，法拉第已经完成了电磁学上的一个重要试验。他在一个玻璃缸中央立上一根磁棒，倒上水银以后，让磁极的一端露出来，再用铜丝捆住一块放到水银缸里的软木，将导线一端接在磁棒上，另一端通过铜丝与磁棒的另一极连起来。这样，电源接通后，导线马上开始移动了。这个试验在电磁学上是一个很大的突破。

为了彻底弄清磁是否能转变成电这个问题，法拉第几乎整天都想着这事儿，那个时候，他的口袋里总是放着一个电磁线圈的模型，一旦有空就把这个模型拿出来比画比画，认真地思索着，有时还自言自语，或者一头扎进了实验室。直到 1831 年 10 月 17 日，法拉第才把磁转变成电的实验做成功。他把这种磁棒在线圈中运动所感应产生出来的电流,叫做"磁电",这种感应叫"磁电感应"。

发现"磁电感应"后,法拉第加快了他的研究步伐,利用这一原理制造出了世界上第一台发电机。有了发电机和变压器,就能大量地产生电了。从此,电从科学家的实验室走向了家庭、工厂,成为人们改造世界、创造财富的巨大能源。

X 射线的发现

几乎每个人都做过 X 光检查,但是 X 光是谁发现的呢? 这一点,并不是每个人都知道的。

关于 X 射线的发现,这里有一个有趣的故事。1895 年,德国物理学家伦琴正在他的实验室里研究阴极射线所引起的荧光现象。当他端坐在实验室里观察高真空放电管时,意外地发现,放在距离放电管两米远处的涂有铂氰化钡的屏上发出了荧光,而当放电管停止放电时,荧光也随之消失了。

这一现象引起了伦琴的极大兴趣:屏上的荧光分明是由放电管引起的,但是,阴极射线只能穿透几厘米的空气。因此,他断定引起屏上出现荧光的肯定不是阴极射线。那么,它是什么物质呢? 伦琴不放弃这个偶然的发现,继续做他的实验。他把屏移到更加远离放电管的地方,或用黑纸把放电管包起来,但是屏上依然有荧光发生。伦琴很纳闷,干脆给这种神秘之光起了个"X 射线"的名字。

接着,伦琴又做了许多实验,用以证实这种特殊的射线具有不同于阴极射线的新性质。如 X 射线不能被磁场所偏转,它可以使密封的底片感光,还可以穿过薄金属片,甚至在照片上能显示出衣服内的钱币或手掌骨骼。

伦琴发现了 X 射线后,他的夫人既好奇又不太相信。伦琴为了说服她,跟她开了一个小小的玩笑,让她把手放在射线前拍了一张照片。然后,伦琴把冲出来的底片给她看。心理上毫无准备的伦琴夫人,猛然看清丈夫手里的底片时,吓得哇哇直叫,连连倒退。看着妻子受惊的样子,伦琴忍不住哈哈大笑起来。

伦琴夫人手的 X 光照片,在全世界引起了轰动。科学家的震惊引起了新一轮研究 X 射线的热潮。说起来幼稚可笑,那时候,X 光成为许多显贵绅士的娱乐工具,许多人拿它炫耀自己的权贵,人人争看用 X 光拍摄的自己的骨骼和内脏器官。后来,当人们知道这种 X 光对人体的细胞有杀伤作用时,那些显贵绅士才罢休。

X 光的这种特殊性质,使人们认识到可以把它用在医疗诊断和检测物体的内部结构上。你去医院看病,可以看到每个医院都设有放射科,许多疾病可以用 X 射线诊断发现,而此前,仅仅是凭医生的推测发现疾病。因此,可以毫不夸张地说,在医学诊断上,X 射线的受益者不计其数。在墙面、地基及物体探测上,X 射线的作用也是显而易见的。

X 射线的发现对人类的贡献是巨大的。伦琴因为发现了 X 射线而揭开了 20 世纪物理学革命的序幕,成为 20 世纪最伟大的物理学家之一。

 镭的发现

人类发现了 X 射线之后,有科学家断定:在光的作用下,"荧光"体会放射与 X 射线相似的射线。物理学家贝库鲁从铀盐的研究中发现一种现象,无需光的作用,铀盐会自发地放射出几种新的射线。这种现象到后来才由居里夫人命名为放射性。

　　贝库鲁的发现使得居里夫妇产生了好奇：铀化合物的放射性是从哪里来的呢？他们必须做许多实验才能解决这个问题。居里夫人想："除了铀以外，也许还有别的东西也有这种放射性吧？"于是，她放弃了对铀的研究，将所有可能研究的东西都拿来试验，结果发现钍的化合物也有这个性质。既然这种现象非铀所独有，那需要给它一个专用名词，所以她把如铀和钍一类具有放射性的元素命名为放射性元素。

　　居里夫人又从沥青矿物着手，研究放射性物质，结果表明，沥青矿物的放射性比以前研究的铀、钍之类的放射性还要强。她开始怀疑自己的试验是否有错误。对新的现象产生怀疑是科学家应有的态度。居里夫人重复地做了多次同样的试验，均证明她以前做的试验并无错误。那么，这种较强的放射性是从哪里来的呢？唯一的解释是，这种矿物中含有比铀、钍的放射性更强的放射性物质。她猜测，这种物质是一种新的元素。

　　居里先生暂停了他的结晶体研究工作，同居里夫人一起研究新的放射性元素。他们首先从沥青矿物中把一切已知的元素分离出来，然后再测量每种元素的放射性。经过几次淘汰，范围逐渐缩小。最后，他们竟意外地发现，沥青矿物中存在两种新元素。他们给这两种元素取名为钋和镭。

　　镭的发现，揭开了原子核物理学的第一页，居里夫人也因此成为诺贝尔奖的颁奖史上唯一连续两次获奖的女性。

爱因斯坦与相对论

　　提到重大的发明发现，或者说，提到伟大的科学家，人们不能不说爱因斯坦，也不能不说他的相对论。

爱因斯坦于 1879 年 3 月 14 日出生在德国的犹太人家庭,智力发育较晚,直到 3 岁的时候还不会说话。上学时也经常因不能及时回答老师的提问,被同学笑话,或者被老师惩罚。

爱因斯坦的语言反应迟钝,比起同龄的孩子有很大的差距,连邻居都耻笑他。爱因斯坦的妈妈却不以为然地说:"他总是在思考,等着吧,总有一天,他会成为教授的。"人们都觉得这话非常可笑,只有极少数人能够体会作为母亲的那种"望子成龙"的心情。

爱因斯坦 5 岁时,他的父亲买了一个不太大的指南针作为玩具送给他。爱因斯坦见了爱不释手,把小小的指南针在手里转来转去,嘴里还不停地问:"爸爸,这小针为什么总是要指示一个固定的方向呢?"

"孩子,那是磁力在起作用。"爸爸耐心地说。

"什么是磁力呀?"爱因斯坦又好奇地追问起来。他总觉得这小小的指针里面,一定藏着什么神秘的东西。

进入中学以后,爱因斯坦在学习上也没有表现出什么超人的地方,除了数学、物理这两门功课以外,其他的学科成绩可以说是一塌糊涂。但是,这个阶段,爱因斯坦的个性也渐渐养成,不喜欢的课干脆不去听,对物理实验特别感兴趣,就一头钻进去。真正使他在学术上有建树的,是在专利局工作的那个时期。

大学毕业以后,爱因斯坦在瑞士联邦专利局找了份工作。他在这家专利局专门负责审核申请专利的各种技术发明。这个工作使爱因斯坦有机会接触许多新的科学知识和新的发明创造,他深深地感受到,世界上有那么多奥妙需要去研究,去探索,去发明,去创造……从此,爱因斯坦开始认真、系统地钻研物理学知识,同时,也阅读了大量哲学书籍。这使他眼界大开,思想认识也有了一个质的飞跃!

1905 年,爱因斯坦发表了《关于光的产生和转化的一个启发性观点》的论文,有理有据地论证了光的量子性质,得出了光电效应的基本定律,并因此获得了 1921 年的诺贝尔物理奖。同样在 1905 年,爱因

激发灵感的发明故事

斯坦完成了《论运动物体的电动力学》，创立了狭义相对论。

10 年以后，爱因斯坦创立了广义相对论，这标志着物理学研究有了一个重大突破，开创了物理学研究的新领域。

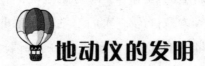

地动仪的发明

张衡是我国汉代著名的天文学家，出生在公元 78 年，家乡是现在的河南省南阳县石桥镇。青年时代，张衡就表现出过人的天资，23 岁写出了轰动一时的《二京赋》，直到公元 114 年，他才从爱好文学改为从事天文学的研究。

经过长期观察，张衡肯定了地球是圆的，提出了宇宙无限的观点，并写出了《灵宪》一书，解释了月相变化、月食发生等自然现象。在这本书中，他指出中原地区能看到大约 2500 颗星星，这与近代天文学观测的结果非常接近。要知道，这是在汉代，而且没有现代化的观测设备呀！

张衡研究地震也绝不是偶然的事。

从公元 96 年～125 年，我国境内发生了 23 次地震。每当他看到因地震造成的家破人亡的惨景，特别是人们在地震之后祈求神灵饶恕时，心中就无比难过、无比悲哀：难道真有神灵？ 难道就没有办法能够预测地震，减少人们的损失吗？张衡想到这些，常常夜不能寐，发誓要研究出一种能测试地震的设备，让人们从迷信的云雾中走出来，让人们能够知道地震发生的方向和大小，以便及时救灾。

几年以后，张衡果然发明了地动仪。这种仪器是用青铜铸成的，外形像个酒樽，在酒樽的腰部分别镶着 8 条龙，代表着东、西、南、北、东北、东南、西南、西北这 8 个方向。每条龙的嘴巴里各含有一颗铜球,正对着正面的 8 个蛤蟆。要是有地震发生,地动仪的机关就会震动,龙嘴巴里的铜球就会"当"的一声落下来,掉进下面的蛤蟆嘴巴中。整个地动仪设置得非常精巧,铸工非常精细,像一件玲珑可爱的工艺品。

地动仪研制成功以后,人们并不相信这玩意儿能有这么大能耐。6 年后,即公元 138 年,在离洛阳千里之外的陇西地区发生了地震,地动仪上那条头朝西面的龙嘴里"吐"出了铜球,在洛阳京城的达官显贵一点儿也没有感觉出来,反而议论纷纷:

"瞪大眼睛看看,龙嘴里的铜球虽然掉出来了,落在了蛤蟆的嘴里,可是我们至今还没有听到一点儿地震的消息呀!"

"天下哪有这么灵验的事儿? 地震是老天爷显灵来惩罚我们时,怎么会让凡人知道?"

面对闲言碎语,张衡什么话也没有说。几天以后,陇西地区的信使骑着马来到京城报告:"陇西发生了大地震。"这时候,地动仪的准确性才得到大家的一致认可。

张衡的地动仪是世界上第一台测量地震的仪器,比欧洲制造出来的同类仪器早 1748 年。因此,张衡被公认为全世界地震学界的"鼻祖"。

张衡的地动仪充分显示了我国古代劳动人民的杰出智慧。

集成电路的发明

2000 年 10 月 10 日,瑞典首都斯德哥尔摩,历来被认为是全球最高科学奖的诺贝尔物理学奖在这里举行颁奖仪式。获奖者之一杰克·基尔比是个带有传奇色彩的人物。这个美国人从未接受过正统的物理学教育,更不是物理学家。1941 年夏天,他登上火车前往马萨诸塞州,去参加麻省理工学院的入学考试,数学的及格分是 500 分,他考了 497 分,因此落第。但他却因发明了半个世纪以来对科学技术产生重大影响的产品——微芯片(集成电路),开创了信息时代,而被授予诺贝尔物理学奖。

杰克·基尔比出生在美国堪萨斯州,父亲经营一家电器公司。他中学时代的理想是当一名电气工程师。高考落第后,他并不认为前途因此黯淡无光。第二次世界大战爆发后,基尔比从军,接受战火的洗礼。战争结束后,他进入伊利诺伊大学就读,毕业后找工作碰了很多壁,只有一家生产电子零件的小公司愿意录用他。小公司毕竟难以施展大身手。34 岁那年,他萌发了跳槽的念头,并向得克萨斯仪器公司发出求职信,并被那家公司录用了。得克萨斯仪器公司是一家规模较大,在行业中占有一定地位的公司,公司让基尔比研究解决电子工业最重要的问题:解决元件的内部连接问题。

当时,晶体管已在电子工业中得到应用,许多工程师正忙着为制造一种高速电脑设计电路。一台电脑配有成千上万个晶体管、电容器、电阻等,要把这些电子小元件按电路图一个个焊接起来,配线和焊接接头实在是太多了。如一只现在已经很普及的电子手表,其中就相当于有 3000 个晶体管,若用晶体管和其他分立元件来组成这个电路,将会有近万个焊接头,那样的话,一只手表比一台电视机的体积还要大。为此,全世界的工程师都在寻找解决问题的办法。

基尔比的设想出奇制胜:取消所有配线!这是电子线路史上前所未有的大胆想法。1958 年 7 月 24 日,基尔比在实验室里的记事本上写下了令他日后获得诺贝尔奖的一句话:"以下所有线路元件都可以印刻在同一块硅片上:电阻器、电容器、配电器、晶体管。"他事后说:"在电子学领域我是新手,别人认为不可能的事,我一无所知,因此从不排除任何可能性。"

开始，基尔比也很担心，所有的基本元件用同一种材料硅制造，所有的元件刻在同一块硅片上，所有的连接线也印刻在小小的硅片上，整台电脑的线路可以印在一块婴儿指甲大小的硅晶片上，这一切能行得通吗？

基尔比说："科学家的目标是理论，工程师的目标是实际成果。"说话细声慢气的基尔比请求上司允许他制作一个"集成电路"样品，上司同意了，但要求他不要花费太大的成本。

1958 年 9 月 12 日，是基尔比集成电路验收成功的日子。这一天，公司的一批高级职员来到实验室，想看看基尔比发明的集成电路是否真的那么奇妙。基尔比将各种配线连接起来，深吸了一口气，以缓解一下紧张的心情，然后接通了电源。

刹那间，屏幕上出现了一条明亮的绿色蛇行光线。

基尔比成功了！集成电路时代从此开始了！

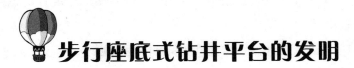

步行座底式钻井平台的发明

顾心怿是我国胜利油田钻井研究院的总工程师，曾获得全国劳模、国家"有突出贡献的科技专家"称号和"五一"劳动奖章等许多荣誉，在胜利油田战斗了 30 多年，有许多项令世人羡慕不已的发明创造。但是，最让他感到骄傲的发明是"步行座底式钻井平台"，这一发明让庞大的船平稳地"走向"了大海深处。

我国黄河三角洲地区有广阔的海陆过渡区，涨潮时往往一片汪洋，退潮时又是数十里滩涂。在这片时而"汪洋"时而"滩涂"的地区，蕴藏着大量极好的油气。可是，开采起来十分困难。1982 年，顾心怿和调查人员又去赶海，到现场考察，希望能开采出这些油气。可是，当他们的小船划到一处水深 1.4 米的地方时搁浅了，无法前进。这时候，一位船员接到了家里的紧急电报：

"快回去，家里有急事。"岸上的队友用对讲机告诉这位船员。

"你看，这怎么办，小船已经不能划动了。"总工程师顾心怿和颜悦色地问，"想想看，你还有什么办法？"

"没什么，我走过去。"船员坚定地说。

说完，这位船员真的卷起裤腿，涉水走向了堤岸。顾心怿望着他一步一步地走向岸边的时候，心里突然想到：人能一步一步地走向岸边去，船为什么不能像人那样一步一步地走向岸去？能不能让船也长上两条腿？能不能设计出一种会走路的钻井船呢？

这时候，他还想起了 1975 年万名民工围海造堤的情景——为了开采这些浅海里的油田，成千上万的民工吃着窝窝头，住着临时的地窖，推着独轮车，一车一车地往大海里推土，硬是在大海里围成了一个大堤。这要花去多少人民币，耗费多少劳力啊！

"我一定要设计出能走路的船，就不用再围海造堤了。"想到这，顾心怿在心里默默地发誓。

可是，同事们听说后，都觉得顾心怿不可理解：

"让几千吨的钻井船走路？根本不可能。"

"如果设计出的钻井船并不能像顾总工程师想的那样，而是在大海里寸步难行的话，那可就成了永久的耻辱纪念碑了。"

大伙儿议论纷纷，都觉得顾心怿总工程师平时非常谦虚，这一次却异想天开。然而，顾心怿认准的事从来就没有犹豫过，不论人们怎样议论，他还是照做不误。1983 年，他终于设计出了一艘长 10 米、宽 5 米的模型船，结构上分两个部分，依靠内体和外体的交替升降来移动，完成"行走"的过程。随后，他又分 5 个地点进行试验。在许多单位和个人的支持下，经过 6 年的艰苦劳动，世界上第一艘能够步行的船终于在中国诞生了。

"步行座底式钻井平台"能够平稳地一步步走向大海,这一发明为我国的石油开采作出了杰出贡献。

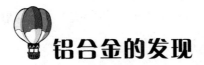

铝合金的发现

　　第一次世界大战期间的一天,法国前线的一位战士在休战的空隙晒太阳,突然,他大声地惊呼起来:"快看,那是什么怪鸟?"

　　原来,像一条大肚子鱼一样的东西,正在高空中向法军阵地慢慢飘来。

　　"快隐蔽,那是飞艇,德国人的飞艇!"一位对武器很有研究的技师惊慌地喊着。

　　他的话音刚落,那飞艇就投下了一颗又一颗炸弹。法国军官见状,立即命令炮兵向飞艇开炮。随着一阵猛烈的炮火,飞艇像一只断了翅膀的飞鸟,从空中栽了下来。

　　"这飞艇是用什么材料制造的? 这么厉害,我们要好好研究研究。"法国军官拉着技师,走到了飞艇旁边。

　　技师把飞艇的残骸收集起来,送到军事研究部门进行专门研究。后来,法国的专家终于弄明白,这飞艇竟然使用了德国的科学家比卡尔·维尔姆刚刚发明的铝合金,所以飞艇才那么轻盈,飞得那么高。

　　那么,比卡尔·维尔姆又是怎样发明铝合金的呢?

　　早在十年前,德国军队就意识到钢铁制造的武器虽然坚固,可是太笨重,搬运起来很不方便,就让科学家比卡尔·维尔姆寻找一种比钢铁轻却像钢铁一样坚硬的东西来替代。这位科学家首先想到了比重比钢铁小的铝,可是,铝太软,不坚硬。于是,他反复思考,决定在铝中"掺假"——在铝中掺进一些比较坚硬的金属。因此,他将一种又一

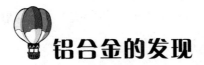

种金属掺到了铝中,遗憾的是,他收获的是一次又一次失败。最后,他在铝中又掺进了铜和镁,然后像往常一样用铁锤进行敲打试验,发现一锤砸下去,"当"的一声,铁锤被弹了回来,而新材料上没有丝毫痕迹。

"哇!太棒了,多坚硬!"维尔姆异常兴奋地高呼起来,"铝合金诞生了,铝合金诞生了!"

经过估测,证实维尔姆发明的铝合金比原来的铝强度高 3 ~ 5 倍。可是,离制造武器的要求还有一段距离。不达目的不罢休的维尔姆又从铁匠铺那儿学来了为金属淬火的方法,终于使新的铝合金像钢铁一样坚硬,却又比钢铁轻。

从此,铝合金被广泛应用于飞机和飞艇制造。

钨铈电极的发现

王菊珍要研究新型电极材料的事儿一传出,社会上各种各样的议论便纷纷四起。

"她也能研究出新的电极材料? 那是连外国专家都不敢想的事啊!"

"能研究什么呢? 不过是想出出风头罢了。"

"没什么了不起的,好高骛远的人都是这样。"

她却笑着对关心自己的朋友说:"让他们去说吧,我干我的。"

那么,王菊珍为什么要研究电极材料呢? 电极材料又有什么作用呢?

原来,电极在工业生产中起着重要作用,是金属焊接、切割、熔炼离不开的"重要人物",而在 1985 年以前使用的电极材料都是钨钍合金。其中,钍是一种放射性很强的金属,对工人的身体会造成很大的危害,许许多多从事电极生产的技术工人,经过一段时间的劳动后就不得不离开工作岗位。

从事科研的王菊珍看在眼里,急在心里,下决心要研制出一种新产品来代替它。她对已经认识的80多种金属的特性进行了深入研究,一个个地试验、测定,终于找到了一种叫铈的金属,既没有放射污染,又能发射电子。

"好啦,再把它制成电极就成功了。"王菊珍在心里轻轻地舒了一口气。她指导技术人员把铈碾成金属粉末,然后把这些粉末压成坯条,最后放到高温炉里低烧。

遗憾的是,这些坯条从锻炉里出来以后,没有一个是完整的,全部成了碎块,更不要说再用拉丝机来拉成电极用的长条了。

"为什么会这样呢?"王菊珍看着一块块碎片儿,痛苦地喃喃自语。可是,这些金属铈好像有意跟她过不去似的,一次次地煅烧,又一次次地失败。

王菊珍的研究陷入了困境,各种各样的冷嘲热讽再次向她袭来。

半年后,王菊珍的一位朋友请客,想让她轻松一下。在饭桌上,这位朋友告诉她,自己的三个孩子真是既可爱又调皮,都爱吃蒸米饭,但是,要求各不一样。

"我要吃硬一些的米饭。"老大说。

"我要吃软一些的米饭。"老二鼓着嘴巴说。

"我要吃不硬也不软的米饭。"老三小声地嘀咕着。

"我们一家总不能一顿煮三种饭呀。"这位朋友笑着说。

硬的? 软的? 王菊珍听了,心头一动:我总算找到你啦——为什么不用钨大哥来带带铈小妹呢!

就这样,王菊珍回到厂里立即投入了研制,终于发明了用钨铈合金做成的电极材料。1985 年,王菊珍荣获了全国发明博览会金奖。

激发灵感的发明故事

后来,她发明的钨铈合金技术获取了美国、日本等国家的专利。

从此,钨铈合金电极技术从中国走向了世界。

 饮食疗法的创造

在遥远的商代,奴隶是奴隶主的私人财产。当时有一位名叫伊尹的奴隶,他的祖父、父亲都是专门从事烹调的奴隶,因此,聪明的伊尹也学到一手高超的烹调技术。

有一年春天,伊尹的父亲生病了,他非常担心。因为奴隶得病只有等死:一是没钱医治,二是医生是不会给奴隶治病的。

父亲看到儿子整天愁眉苦脸的样子,笑着说:"儿子放心吧,我很快就会好起来的,当年你爷爷生病,就是自己治好的。"

"爷爷会治病?"儿子的脸上露出了欣慰的笑容。

"你爷爷发现,有些食物是能把病'吃'好的。比如说,生姜能去寒气、祛生冷,莲子能滋阴降火,等等。时间长了,就积累了丰富的经验。"

"是不是所有的病都能'吃'好?"伊尹打破沙锅问到底。

"不是,有些病吃了某种食物,不仅不能治好,反而会使病情加重。"伊尹点了点头,好像一下子明白了许多。

"一定要研究一下食物疗法,为广大奴隶们解除痛苦。"伊尹在心里暗暗发誓。

从此,他开始留心不同的食物对人体有哪些不同的作用。

几年以后,由于伊尹有高超的烹调技术,被汤王重用,任命为朝廷的厨师。当看到许许多多食物和调味品时,他如鱼得水,很快就了解了各种食物的药用功能,而且还掌握了运用食物治疗疾病的许多

方法。

一天，汤王得了一场重病，医生用药物疗法，几天下来也没有见效。看着汤王病情日益加重，那些医生一个个吓得胆战心惊。

伊尹知道后，便大着胆子建议说："用食物治疗的方法试试看。"

医生都睁大了眼睛，满腹狐疑地看着伊尹，心想："莫非这奴隶还有什么妙法？"

出乎意料，汤王吃了伊尹配制的食物，病情真的好转了，一个月后就痊愈了。

汤王非常高兴，说："没想到，还有这样一个聪明的奴隶。"

汤王看着年轻能干的伊尹，破格任命他为宰相。他跟着汤王转战南北，成了汤王夺取天下的得力助手。

但是，伊尹不论工作多么繁忙，始终没有忘记自己的追求——发展食疗法。长期以来，他巧妙地运用独特的烹调技术，对药物进行一系列加工制作，终于制成了中药汤剂。

食疗法的发明，在人们的日常生活和医学上都具有重要的意义，是中国医药史上的一大创举，在当代更被人们所推崇。

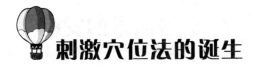

刺激穴位法的诞生

东汉末年，有位医学家叫张仲景。有一天，他听说山南边住着一个打柴的樵夫，会治头疼病，便忙去求教。

第一次，因路不熟，他走了一整天的山路才找到樵夫的住处。可是，到了那里才知道樵夫不在家，听邻居说，樵夫在几天前就出远门了。张仲景非常失望，只好连夜赶回家。

第二次，又不凑巧，樵夫上山砍柴去了。他心想，这回一定要等到樵夫。于是,就坐在樵夫的门前静静地等待着,直到天黑,才等到樵夫归来。

樵夫知道张仲景的来意后,被他的精神深深地感动,便津津有味地聊起了自己的一次奇怪经历。几年前的一天,太阳快下山了,他从山上打柴回家,到了半山腰,忽然觉得天旋地转,到处昏天黑地的,心想:坏了,自己的头疼病又犯了,必须赶快回家。于是,就背着木柴,跌跌撞撞往山下跑,一不小心被一块石头绊倒了,一个脚趾被碰破了,顿时血就流了出来。过了一会儿,不知为什么,头竟然一点也不疼了。他感到非常奇怪,便把这件事记在心里。后来,他做了几次试验,每当头疼的时候,就将那个脚趾有意刺破,没想到这种办法还真的很好。樵夫边说,边指着那个曾经被碰破的脚趾说:"就是这里,大敦穴。"

听了樵夫的话,张仲景觉得很奇怪。"刺激这里就可以抑制头疼。"张仲景的心里像闪电一样亮了一下。他默默地记住了樵夫的话。

后来,张仲景在实践中验证了这个方法:用银针来刺激大敦穴,能治头疼。从此,医学史上就有了用刺激穴位来治病的方法。

 **导尿术的发明**

孙思邈是我国唐朝时期的医学家,人们都称他是个了不起的"神医"。

一天中午,孙思邈的家里来了一位中年男子,只见男子眼泪汪汪地哀求说:"孙大夫,救救我吧,我的尿脬都要胀破了,实在受不了啦!"

看着病人痛苦不堪的样子,孙思邈马上给病人进行检查。查完,他长长地叹了口气,心想:"尿脬快要胀破了,吃药已经是来不及了,怎么办呢?"

"现在，当务之急是把尿排出来。"他对病人说。

"那么，怎样才能把尿导出来呢？"孙思邈一筹莫展。尿道那么细，哪里能找到又细又软的管子往里插呢？

可眼看着病人痛苦的表情和那乞求的目光，孙思邈更是心急如焚。

正当他束手无策的时候，脑海里突然灵光一闪："对，为什么不用葱管试一试呢？"

于是，孙思邈一溜烟似的跑到厨房，拿来一根葱管，把尖的一端用刀切去，小心翼翼地插入病人的尿道，用嘴巴一吹一吸。

嘿，真灵！不一会儿，尿液顺着葱管"哗哗"地流了出来。

病人的痛苦解除了，孙思邈的脸上也露出了满意的笑容。

一根葱管，救了一条人命。孙思邈也成为世界上第一个发明了导尿术的人。

这个偶然的发明，解除了成千上万人的痛苦，为人类医疗事业的发展作出了不可估量的贡献。

《本草纲目》的编写

李时珍是我国明代伟大的医学家。他的父亲是一位在民间行医的大夫，20岁那年，李时珍就像他的父亲那样走南闯北，靠行医为生了。有一天，他父亲正在药园里劳动，突然一个病人家属匆匆忙忙地跑来向他的父亲说："大夫，吃了您开的药，我夫君的病不但没有减轻，反而加重了。"病人家属说完便哭了出来。

李时珍听了，感到非常纳闷：怎么会是这样呢？我亲眼看见父亲开的药方没有错，剂量也没有错。那到底是错在哪儿？细心的李时珍决定查个明白。几天后，李时珍终于查出，原来药铺根据一部医书上的错误记载,将有毒的"虎掌"当成无毒的"漏篮子"用了。

"原来古人流传下来的本草医书也有错,错误的医书害人不浅啊!"李时珍暗暗发誓,要写出一部真正的本草医书来,造福更多的人。

李时珍开始一边行医,一边积攒资料,每到一处都细心地向有经验的药农请教。有一回,他从一本医学书上看到写蕲州(李时珍的家乡)白花蛇的文字,说这种蛇腹部有24块斜方块,有很高的药用价值,但是数量有限,所以很珍贵。他想,自己生在蕲州,长在蕲州,怎么没见过这样的白花蛇呢?这蛇身上真的有斜方块吗?到底有哪些药用价值?他照抄照搬也没有人会说什么,可是他一定要亲眼看一看,来个"眼见为实"。李时珍不辞辛苦地来到深山老林中,找到了捕蛇人,逮到了白花蛇,亲眼看到蛇身上的24块斜方块,并一一询问了这种蛇的特性和药用功能。

整整27年,李时珍终于完成了医学巨著《本草纲目》。他对这部医书作过三次较大的修改,打破了传统的分类方法,按照植物、动物、矿物等科学的分类方法,对书中的各章节作了科学分类,共分52卷、16部、62类,收药1892种。

《本草纲目》不同于一般的医学著作,它是一部科学巨著,是一部"东方医学巨典",所以也称得上是医学史上的一大发明。

传染病防治的创造

公元1525年,一场席卷整个欧洲大陆的黑死病像恶魔一样,夺走了无数人的生命:有的人不停地咳嗽,肢体僵直,有的人头痛恶心,浑身溃烂,一个个像接到了死亡通知书一样,打着寒战走向了不归路,更可怕的是,黑死病传染快,所以人死了后只能把尸体堆放在广场上迅速烧掉,根本来不及或不敢去搞什么葬礼。

当时,法国蒙特贝利尔大学医学院的教授们也带着自己的学生走出学院,开展救死扶伤工作。遗憾的是,这些德高望重的教授,对黑死病一筹莫展却又墨守成规,只拿烟熏的办法来对付这可怕的瘟疫。他们戴着眼镜,鼻子里塞着海绵球,嘴里含着蒜瓣,只知道用烟熏来熏去。这时候,一位叫诺查·丹玛斯的学生通过对大量病人病情的调查研究发现,烟熏不能从根本上解决病人的痛苦,也不可能彻底治愈和防止黑死病的蔓延。他提出,要给病人和接触病人的人洗澡,消灭身上的跳蚤,减少传染途径;还要把病人的排泄物盖上草木灰并深埋到地下。其实,这就像我们今天对待传染病所采取的"预防为主"的做法。可是,在当时,丹玛斯的这种做法被认为是离经叛道的,医学院的权威们立即命令他停止行医,说他是一个头上还没有四角帽,腰间还没有金腰带的学生,根本不配"指手画脚"、"发号施令",并立即把他赶到了乡下!

离开了蒙特贝利尔城的丹玛斯并没有放下自己钟爱的事业,相反,他把更高的热情投入到了同样是瘟疫盛行的乡下。他义无反顾地来到了法国南部的一个乡村,开始了救治工作。丹玛斯认为,想控制传染病的传染,首先要控制传染源,每个人都讲究卫生。因此,他动员乡民们打扫自己的房前屋后,用玫瑰花瓣浸泡过的水来洗澡,改变不洁的陋习,靠这样一边减少传染,一边增强体质,利用自身的抵抗力来恢复健康。果然,奇迹出现了,黑死病在这个村子得到了有效控制,人们都说丹玛斯是"神医"。

四年以后,黑死病的潮水已经退去,26岁的丹玛斯因救治农村黑死病的功绩被学院特召回来。经过毕业答辩,医学院的权威们高度评价了他的救治观点和采取的救治方法,并让丹玛斯顺利地拿到了毕业文凭,戴上了四角帽,系上了金腰带。

丹玛斯发明的这种救治传染病的方法,在今天仍有很大的借鉴作用。

激发灵感的发明故事

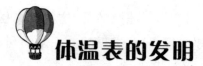 # 体温表的发明

意大利科学家伽利略在威尼斯的一所大学里任教时,一天,他给学生上试验课。他边操作边问学生:"当水的温度升高,特别是沸腾的时候,为什么会在罐内上升?"

"因为水沸腾时,体积增大,水就膨胀上升。"

"水冷却时,体积缩小,所以就降下来。"

学生争先恐后的回答像潮水一般,冲开了伽利略记忆的闸门。

曾经有一位医生恳求过伽利略:"伽利略先生,病人的体温往往会升高,能不能想个办法,准确测出体温,帮助诊断病情呢?"

是啊,四百年前是没有体温表的,医生只能根据经验给病人诊断病情。

伽利略受到很大鼓舞,决心研制测量体温的温度计。下课后,他迫不及待地做起了实验。根据热胀冷缩的原理,伽利略用手握住试管的底部,让管内的空气逐渐温热,然后倒过来插入水中,再松开手,这时,水被吸入试管内并慢慢上升。当他重新握住试管时,水又被压了下去。

"水的上升下降,能看出温度的变化,太妙了!太妙了!"伽利略不禁喃喃自语。

经过多次试验,伽利略将一根很细的试管灌上水,再排出管内的空气,然后再把试管密封住,并在上面刻上刻度。当他把这怪模怪样的东西交给医生,让病人握住它时,果然,水上升的刻度反映出了病人的体温。世界上第一支体温表就这样诞生了。

叩诊法的诞生

那是 1722 年，奥地利南端有个叫格拉兹的旅游小镇，一到旅游旺季，小镇上游人如织，南来北往的人很多。

小镇上有个男孩儿名叫奥廷布里加，他的父亲就是镇上的店主，由于他家店的位置好，生意非常兴隆。奥廷布里加是个很懂事的孩子，为了能接待更多的客人，他就到店里帮父亲做一些力所能及的事情，有时也到库房里抬酒桶，整天忙个不停。

有一件事使奥廷布里加感到非常奇怪。他发现每次和小佣人去库房抬酒桶时，那个小佣人都要用小木棍在桶上敲打一阵，而且一边敲打一边侧耳细听。

奥廷布里加非常纳闷，问："你这是干什么呀？"

小佣人笑着说："这样敲敲听听，就能知道那只桶里有没有酒，有多少酒。敲起来声音低沉的，说明桶里有酒；声音比较响亮的，说明桶里没有酒。"

"噢，敲击酒桶，能判断出桶里的酒到底有多少。"他一下子明白过来。

他试验一下，果然如此。

几年后，奥廷布里加大学毕业了，成为当地的一名医生。那时，医生只能凭经验给病人诊断。有一天，一个中年男子背着病重的女儿，来到奥廷布里加的病房，上气不接下气地说："医生……救救……我的女儿吧……"原来小女孩患的是肺结核，呼吸十分困难，生命危在旦夕。

看着小女孩父亲那乞求的目光，奥廷布里加非常伤心和内疚，心想，要是能早点儿诊断就诊，也许能挽救小女孩的生命。

这时，奥廷布里加突然想起小佣人敲打酒桶的情景："病人的胸部和健康人的胸部敲起来会不会不一样呢？"

于是，他边安慰小女孩的父亲，边用手指在小女孩的胸部轻轻地敲打，侧耳细听。他又对家人的胸部也进行敲打，并作了对比，发现健康人和病人的胸部敲起来声音截然不同。后来，他对每一个来求诊的人，都进行一番胸部和腹部的叩打，对诊断病情带来很多帮助。

奥廷布里加经过多年的探索和研究，根据多年来叩打诊断疾病的经验，撰写了《最新诊断法》一书。从此，叩诊法问世了。

可是，这部书因受到一些保守医生的抵制而被埋没。直到1808年，在法国的一位颇负盛名的医生倡导下，这部书才得到医学界的广泛认同。

现在，叩诊法在医学界被大力推广和运用，为人类的医疗事业作出了积极贡献。

 血型的秘密

早在19世纪，人们只知道输血能救人，可是，有时输血却引起了死亡，这到底是怎么一回事呢？却不得而知。

奥地利有一位名叫兰特斯坦的医生，对其中的奥妙作了深入细致的研究。一天，他做了一个实验：把收集来的五个人的血液和自己的血液，都分离成淡黄色的半透明的"血清"和鲜红色的"红细胞"两部分。然后，他把自己的血清滴入六个小盘里，再把所有六个人的红细胞分别滴在每一滴血清上。

这时出现了一种有趣的现象：有的血清和红细胞不相融，凝结成

团状;有的能相融在一起,但没有任何反应。

兰特斯坦的脑海里立即闪现出一个念头:"这种红细胞的凝集反应,不正是输血反应的根源吗?"

兰特斯坦对这个实验结果进行了多次反复的研究后,终于发现了血型的秘密。

人类的血液类型各不相同。如果一个人血液中的红血球与另一个人的不相匹配,就会破坏另一个人血液中的红血球。也就是说,输血前,要检验一下输血人和被输血人的血液,如果红细胞没有任何反应,说明两种血液相融,病人就可以放心地输血了;如果红细胞凝成了团状,说明两种血液不相融,病人就不能输入这种血液,否则就会造成死亡。

兰特斯坦发现了血液的类型,保证了输血的安全,为人类的医疗事业开创了崭新的局面。同时,还能帮助甄别谋杀案中的犯罪嫌疑人。

听诊器的发明

法国有个著名的医生,名叫莱纳克。1816 年的一天,莱纳克的病房里来了一位贵族小姐。小姐手指着胸口,向莱纳克诉说自己的病情。莱纳克听后,怀疑她患的是心脏病,就把自己的耳朵贴在小姐的胸前,听她心脏跳动的声音。可是这位小姐长得很胖,再加上莱纳克非常羞涩,不但听不清她的心跳,反倒急得满头大汗。

从那以后,莱纳克一直想发明一种器械,能把病人的心跳和呼吸声直接传到医生的耳朵里来,让医生在病人身边就能听清这种声音,以便作出正确的诊断。可是,莱纳克经过好长时间的苦思冥想,仍然毫无进展。

一天，莱纳克带着女儿到公园里玩。他看见两个孩子在玩跷跷板。一个蹲在跷跷板的一端，把耳朵贴在板面上，另一个站在另一端，手里拿着一根小棍，边敲边喊："听见了吗？"耳朵贴地的小孩回答道："听见了！"

两个孩子的游戏，引起了莱纳克的注意。他也过来试了一下，让女儿用石头在一头敲，自己将耳朵贴在另一头听，果然听到了非常清晰的"笃笃"声，这个发现使莱纳克大吃一惊。

回家以后，莱纳克找来一根小木棍，一端放在女儿的胸口，一端堵在自己的耳朵里，女儿那"怦怦"的心跳声听得一清二楚。他不禁大叫起来："我听见啦，我听见啦！"

后来，莱纳克发现，空心木管传声要比实心的木棍好得多，于是，他又采用了空心木管。经过不断改进和完善，莱纳克终于发明了世界上最早的听诊器。

麻醉药的发明

在麻醉药发明之前，为病人动外科手术是一件十分可怕的事。在手术刀下，清醒的病人因疼痛而大声呼喊，痛不欲生，医生在那种厉声尖叫的环境中难以顺利开展手术。欧洲某国有家医院，至今还保存着一口 19 世纪留传下来的巨大吊钟。这口吊钟原来悬挂在医院的大院里，手术病人因疼痛而大喊大叫奋力挣扎时，医院里便会有人敲响这口钟，医生护士闻声纷纷赶来，将病人死死按住，不让其挣扎，以便医生为他继续做手术。面对这种情况，医生们开始考虑有没有办法使病人无痛地接受手术。

据传,最早为病人进行无痛手术的是中国的医生华佗。华佗发明了一种可以使人失去知觉的药——"麻沸散",在手术前给病人服下"麻沸散",就可以做肠胃切除等大手术而病人不会感到痛苦。但是,"麻沸散"没能流传下来。在相当长的一段时间内,外科手术给病人带来剧烈疼痛被认为是必然的事,因此,医生和病人都格外畏惧外科手术。

到了19世纪中叶,美国牙科医生威廉·托马斯·莫顿开始了对麻醉药的系统研究。24岁的莫顿医科大学毕业后,在华盛顿当了一名牙科医生。看到病人拔牙时痛苦万分的情景,莫顿决定发明一种麻醉药。但莫顿周围的人都不支持他,认为手术刀切割皮肉发生疼痛是不可避免的,劝莫顿放弃这种徒劳无功的想法。

莫顿认为,手术时让疼痛消失的药物是存在的,只是没有发现罢了。他是一个很有献身精神的医生,为了研究麻醉药,他选择了大量药物逐一在自己身上进行试验,但始终未能找到一种理想的麻醉药。由于药物的副作用,他的身体遭到了严重的损害,变得十分虚弱,而实验却没有取得任何进展。在这样的双重打击下,他不得不中断了实验。

一次,莫顿偶然听化学家杰克逊说起自己被乙醚气体熏倒而入睡的事。说者无意,听者有心,正在苦苦研究麻醉药的莫顿听后心中一振:乙醚会不会具有麻醉作用呢? 他立刻在动物身上做起了试验。莫顿让一条狗吸入乙醚蒸气,几分钟后,这条狗安静地睡着了,失去了对疼痛刺激的反应,就算用手术刀扎它,它也毫无知觉。过了一会儿,狗醒了过来,并很快恢复了常态。对狗进行了多次重复实验,都取得了同样的效果,这让莫顿兴奋不已,确信自己找到了一种麻醉药。

1846年10月16日,是一个医学史上值得纪念的日子。这一天,莫顿在美国的一家医院为一位病人摘除脖子上的一个肿瘤。许多医生被邀请前来观看麻醉手术。当病人吸入乙醚安静地入睡后,莫顿便为他切除肿瘤。整个过程中,病人没有喊叫,没有挣扎,也没有任何痛苦的表情。病人醒来后对手术情况浑然不知,只是觉得自己沉沉地睡了一觉。从此,麻醉药开始用于临床,医生给病人动手术再也不像以前那样可怕了。

防腐消毒剂石碳酸的发现

一个阳光明媚的早晨,英国爱丁堡医院的医生利斯特,像往常一样,穿过长长的走廊去查看病房。他刚推开门,一缕阳光从窗户的缝隙里射了进来,光线中,成千上万个小灰尘在飞舞、飘荡。

这时,他忽然想起法国的一位微生物专家说过的一句话:"任何有机体的腐败和发酵,都是由细菌引起的。"

"病人的伤口是裸露在空气中的,肯定会受到灰尘的污染,而灰尘中存在着大量细菌。还有手术器械等等,肯定也沾有很多细菌。"他在心里这样想着。

伤口感染化脓,是当时医学上存在的一个难解之谜,也是利斯特一直想解决的难题。他曾经统计过,在他手下做过手术的病人,有一半死于伤口化脓。每当看到他的病人失去生命时,他就痛苦不堪。作为一名医生,不能为病人解除痛苦,眼巴巴地看着他们一步步往死亡线上迈进,而自己却束手无策,该是多么令人痛心的事情啊!

"如何杀死这些细菌呢?"利斯特一筹莫展。于是,他翻阅了大量的资料,千方百计想找到一种既防腐又消毒的东西。

真是功夫不负有心人。利斯特经过日日夜夜的奋战,终于找到了提炼煤焦油的一种副产品——石碳酸,这种物质能起到一定的防腐作用。手术前,用它来喷洒手术器械、手术服以及医生的双手等,收到了良好的效果：感染的现象变少了，而且病人的伤口恢复得很快。

利斯特解开了医学上的难解之谜——伤口为什么会化脓，挽救了无数条宝贵的生命。

狂犬疫苗的发明

巴斯德是法国杰出的生物学家和化学家。他以毕生的精力，对蚕病、鸡霍乱、炭疽、狂犬病都作了深入的研究，并发明了狂犬疫苗。

一天中午，巴斯德正在研究所里紧张地工作着。这时，医生兰努隆的车夫突然进来，说是有一位5岁的男孩得了狂犬病，情况十分危急，要他立即赶到医院去。当巴斯德赶到医院时，那个可怜的小男孩已出现痉挛，嘴里还不停地吐着唾沫，最终窒息而死。面对这惨痛的现实，巴斯德沉浸在深深的痛苦之中。

第二天，巴斯德从孩子的嘴里取出唾沫加水稀释，然后注射到几只兔子的体内，结果兔子都得了狂犬病而死亡。巴斯德心里想，唾沫中可能存在着引发狂犬病的病原菌，可是，用显微镜仔细观察，却没有找到病菌。然而，为什么人或动物患上狂犬病时都会发生痉挛，不吃东西的这些症状呢？病原菌可能在动物的神经系统中传播吗？于是，他将疯狗的脑壳打开，抽取毒液直接注射到其他动物脑中，结果，被注射的动物不久就会发狂犬病而死亡。

"终于找到了，这种眼睛看不见的狂犬病菌就在狗的脑髓里。"巴斯德兴奋不已。

巴斯德经过长期不懈的探索和研究，终于研制出了狂犬疫苗。他把从受感染的动物身上取得的组织进行加热，得到一种弱化的病毒。1885年，他将疫苗接种到一位被狂犬咬伤的男孩身上，结果男孩活了下来。巴斯德发明的狂犬疫苗,把无数的病人从死亡线上拯救过来,为人类的医疗事业作出了巨大的贡献。

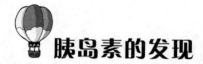 **胰岛素的发现**

1889年夏天的一个中午,德国大学的冯梅林教授由于有一个实验还没有做完,吃过饭就匆匆地赶回实验室了。在路过斯特拉斯堡大街时,他发现了一个奇怪的现象。

一条卷毛狗在路边的人行道上溜达,每到一棵树下,就抬起后腿在树根下撒泡尿,狗一离开,就有许多苍蝇围着狗尿飞来飞去。

"苍蝇为什么对狗尿那么感兴趣呢?"当时的冯梅林正在和病理学家闵可夫斯基研究"胰腺在消化过程中的功能",凭着敏锐的直觉,他想到一定是狗尿里含有什么新的成分。

于是,冯梅林把卷毛狗抱回了实验室,先对狗尿进行了化验,发现狗尿中含有大量糖分。然后,他又给狗作了检查,结果发现,狗的胰腺坏了,已失去了应有的功能。

"是不是没有胰腺的狗,尿中都含有糖分呢?"他又对另一条狗进行试验,发现这只摘去胰腺的狗,尿中也含有大量糖分。

遗憾的是,由于种种原因,他们对这个问题没有继续探讨下去。

30年后,加拿大的一个名叫班丁的医院讲师,在冯梅林教授的基础上又进行了潜心的研究。他想,从没有胰腺的狗撒的尿来看,当今被人们视为不治之症的糖尿病一定与胰腺有关。

研究发现,正常人的胰腺上,分布着像岛屿一样的小暗点,而糖尿病人的胰腺上,小暗点只是正常人的一半。

"这到底是为什么呢?"班丁百思不解。

"如果能增加胰腺上的小暗点,就一定能攻克糖尿病这个难关。"班丁是个喜欢动脑筋,而且还敢于大胆想象的人。

原来,这种小暗点就是胰岛素,胰岛素是一种激素,是从胰腺中产生的,它能促使肝脏去除血液中的葡萄糖。身体不能产生足够胰岛素的人就会患糖尿病,患者的血糖就会高到危险的程度。可是,增加小暗点——胰岛素谈何容易!

班丁下决心解决这个问题。他做事一向雷厉风行,敢想敢干。经过艰苦的探索和研制,他的想象变成了现实:终于实现了在不破坏胰腺的情况下,进行正常的提取,并且在实验室里把胰岛素分离出来。

班丁成功了,他用自己的辛勤汗水,填补了医学上的一大空白。不过,班丁始终没有忘记,是冯梅林教授为他打下了坚实基础。他总说:"没有冯梅林教授铺好的阶梯,就没有自己的成功。"

血压计的发明

有的人外表好好的,但为什么会突然发生脑溢血?人的血液在血管里流动,到底有没有压力,压力有多大?在血压计发明之前,这是人们一直在探讨的问题。

早期人们对血压的探讨研究是用令人可怕的方式进行的。18世纪初,一名英国人用一根铜管与长270厘米的玻璃管相连,铜管的一端插入一匹马的大腿的动脉血管中,让流动的鲜血涌进垂直的玻璃管里,一直上升到270厘米的高度,这表明马体内血管里的血液压力可以达到270厘米血柱高。随着马的心脏的跳动,血柱有节奏地不断地一上一下变化着。后来,又有人在玻璃管内注入了水银,在测量血压时,只要观看水银柱在玻璃管内的高度,就能知道血液在血管里流动的压力。

随着医学的发展，医生们对血在血管中流动的压力高低对人体健康的重要作用有了进一步的了解，懂得了血压过高或过低都是一种病态的表现。到 19 世纪中叶，医生们在给病人诊断时，经常需要给病人测量血压，但由于没有好的测量办法，只好采用给马测量血压的办法来测量人的血压。但这种血压测量法危险性很大，令人望而生畏，医生们只有在万不得已的情况下才会测量血压。于是，寻求一种安全有效的血压测量方法，便成为医学界需要攻克的难题。

意大利医生里瓦罗基是一位十分有善心的医生，他看到给病人测量血压时，需要把病人的血管割破，给病人带来极大的痛苦。他想，既然在人的手臂和大腿等处的体表上能触摸到人的动脉，也能触摸到血液流动时心脏有节律的跳动，那么，就一定能在体表上准确地测量血压。经过多年的潜心研究，1896 年，他终于发明了一种能在人手臂上测量血压的血压计。

这种血压计有一条可以环绕手臂且能充气的长条形橡皮袋，橡皮袋一端接着一个可以用来打气的橡皮球，另一端接到水银测压器上。测血压时，将橡皮袋环绕于人的上臂，用打气橡皮球将空气徐徐打入橡皮袋，压力升高到一定程度时，手臂上动脉被压，血液流动暂时被阻断。然后再慢慢放气，橡皮袋里的压力慢慢下降。当橡皮袋里的压力低于人体血管里的血液循环压力时，血液又得以在血管里通过。这一变化过程，可以通过与充气橡皮袋连在一起的水银测压器显示出来。医生通过观察测压器里水银柱上升的高度，就可以测到血液的压力。这种测量方法不会损伤人体表面，也没有给人造成任何痛苦，并且测量的人体血压基本准确。

1905 年，俄国人尼古拉·科洛特科夫在此基础上对血压计的结构作了进一步的改进，并在测量血压时加了一个听诊器。测量血压时，血液在血管里恢复流动时，医生用听诊器就能听到脉搏声。听到第一声脉搏声时,显示的是收缩压;当听诊器里听不到脉搏声时,显示的便是舒张压。这种测量方法安全、简便、准确,一直沿用到了今天。在现代医学诊断中,测量人体血压已成为健康检查的必查项目。

近年来,科学家已发明了电子血压计。由于使用更加方便,电子血压计在国内外已开始普及。

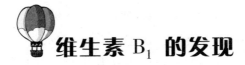

维生素 B₁ 的发现

1OO 多年前的 1896 年,在"荷属东印度"(今印度尼西亚)的爪哇岛上,爆发了一场灾难性的脚气病,成千上万的人被夺去了宝贵的生命。

得了脚气病的人全身浮肿,肌肉疼痛,四肢无力,吃不香,睡不甜,走路艰难。这种病在当时是一种可怕的顽症。

面对这场灾难,荷兰政府束手无策,决定派 28 岁的军医艾克曼前去调查研究。

艾克曼一到爬哇岛就发现了一个有趣的现象:鸡群中有许多鸡也得了脚气病。得了这种病的小鸡委靡不振,步态不稳,有的甚至死去。可是,他发现,自从喂鸡的雇员换了以后,原来患脚气病的鸡竟然不治而愈了。

"这是为什么呢?"这意外的发现使艾克曼大为震惊,他陷入了深深的思索之中。

经过仔细的观察发现,得脚气病的鸡吃的是食堂里的精白米,而新雇员又领来粗粮喂食鸡群,得脚气病的鸡都慢慢地康复了。

"鸡的脚气病难道与饲料有关?"艾克曼又进行了深入的分析和研究。

他做了这样一个实验:将小鸡分成两组喂养,一组喂精白米,另一组喂粗粮。几个月后,吃精白米的小鸡都得了脚气病,而另一组却安然无恙。当他用粗粮喂患脚气病的小鸡时,小鸡又渐渐地恢复了健康。

艾克曼又在人的身上进行试验,让患脚气病的人吃粗粮,结果病人很快康复了。

经过长期的观察试验,艾克曼发现稻米的外壳里含有一种防止和治疗脚气病的物质。

"可是,这种物质到底是什么呢?"艾克曼经过好长一段时间的试验,也没有研究出什么结果,最后以失败而告终。

1911 年,一位住在伦敦的波兰化学家芬克,根据艾克曼的研究成果,采取了一种独特的提取方法,终于从米糠里提取出一种晶体物质,用这种物质来治疗脚气病,效果非常显著。这种物质含氮,并具有碱性,属于胺类。于是,芬克就把它命名为"生命胺",也叫"维生素",也就是现在常说的"维生素 B_1"。

化学家芬克在艾克曼研究的基础上,终于发现了维生素 B_1 这一物质,为人类进一步研究维生素奠定了基础。

精神症的发现

汹涌的洪水把关在铁笼里的狗吓得狂叫起来,拼命地扑腾着,希望冲出笼子! 它们紧张极了,害怕极了。这是俄国著名生理学家巴甫洛夫用来做实验的狗,时间是 1924 年的秋天。

巴甫洛夫出生在俄国的一个牧师家庭,少年时在教会学校读书,父亲也希望他能当一名牧师。然而,巴甫洛夫却对科学探索的道路更感兴趣。中学还没有毕业,他毅然提前一年去了彼得堡,并通过了大学的入学考试,成为彼得堡大学的学生。起初,他学习的是物理和数学专业,但是,最吸引他的还是生物实验,因此,又改学了生理学。毕业时,获得了学校奖给他的一枚金质奖章。大学的学习,奠定了他从事生理学研究的坚实基础。

这场大水渐渐退去了,这些狗虽然也被救了出来,可是都吓出了毛病:狗突然不认识天天与它们打交道的巴甫洛夫了,给它们喂食的时候,连头也不抬;平时,只要灯光一打亮,由于条件反射的作用,这些狗就会跑过来,胃里就会分泌出胃液来,现在,这些现象全消失了。

"一定是这场大水把它们全吓坏了。"巴甫洛夫望着一只只目光发呆的实验狗,心里想,"可见,强烈的刺激损害了狗的中枢神经。狗患上了精神症。"

由此,这位爱动脑筋的科学家立即想到了人类的精神毛病,希望把自己的研究成果用到人类的疾病治疗上。

于是,巴甫洛夫来到了彼得格勒的一所特殊医院,住在这里的都是精神上不太健康的人。

"瞧,这个病人受到了一次精神创伤后,就这么一直昏睡着,不吃也不喝,只靠输液来维持生命。"一位医生向巴甫洛夫介绍说。

"可是,我们请教了许多名医,至今也没有诊断出他患的是什么病,真是怪事。"另一位医生接着说,"仔细查一查,这位病人的器官根本没有病,像在睡觉,但是,哪儿有睡这么长时间的人?"

巴甫洛夫从水灾中实验狗受到惊吓后出现的反常情况想到了这位病人,想了想,对医生说:"他实际上没有病,只是脑子受到了强烈的惊吓,才出现一种深度的抑制,进入了睡眠状态,像动物的冬眠一样。这种睡眠也许是一种保护措施,或者说是一种治疗方法。也许有一天,他会突然醒来的。"巴甫洛夫沉思了一会儿说,"如果硬要说他有病,那就叫精神症吧。"

生理学家巴甫洛夫第一次提出了精神症这一概念,并提出用药物加深睡眠的方法来治疗,为许多患者带来了福音。

断肢再植术的诞生

陈中伟是上海市第六人民医院的骨科医生,被誉为"断肢再植术的奠基人",他完成了 300 多个断肢再植手术,手术成功率高达 92% 以上,在医学界创造了一个奇迹。

那么,陈中伟在断肢再植技术上是怎样迈开第一步的呢?

1963 年 1 月 2 日上午,陈中伟接到了一个病人:机床钢模板厂工人王存柏在冲床车间操作时,右手腕以上一寸处不慎被整齐切断。

"陈医生啊,您一定要救救我。"王存柏一边呻吟着,一边向陈中伟哀求着,"我不能没有手,我还要工作……"

"陈医生,我们工人一天也不能没有手啊!"一起送王存柏的厂里领导恳求着说。

"陈医生,一定要想想办法把这手给接上啊!"工人们送来了王存柏那只鲜血淋漓的断手。

陈中伟眼眶湿润了,久久说不出话来,小时候那难忘的一幕再次浮现在眼前。

陈中伟出生在一个医生家庭,受家庭的影响,从小就爱包扎什么的,好像天生就是个做医生的料。有一次,他家的狗被车子压伤了,拖着一条鲜血淋淋的腿跑了回来。他抱起来一看,小狗的后腿被车子压断了。

"快想想办法救救这可怜的小狗吧。"

"快给他喂点儿止疼药。"

小伙伴们七嘴八舌地说着。陈中伟想了想,说:"干脆给小狗把断腿接上去,要不救不了它。"说完,他拿来了父亲的解剖刀、剪子、针线、纱布等工具,像模像样地替小狗实施了"接骨手术"。可是,几天以后,那只小狗还是死了,那只断腿依然耷拉着。

从此,陈中伟立志要攻克"断肢再植技术"难关,直到在上海第二医学院医疗系学习,也时时刻刻没有忘记自己的诺言。可是,望着眼前王存柏的断手,他迟迟下不了决心。

"王师傅,我不是不想替您接好这只断手,只是目前不要说我们没有这能耐,就连国外也没有这种技术啊!"

"那您就死马当活马医吧,治不好我不怪您!"王存柏痛苦地说。

"是啊,陈医生,我们就试试看吧。"旁边的助手也向陈中伟建议说。

陈中伟深深地点了点头。

事不宜迟,他又请来了擅长接血管手术的外科医生钱允庆,然后立即对王存柏的断手实施再植。陈中伟从上午 9 点半开始,一直到下午 5 点,整整七个半小时,始终没有离开手术台半步。当他完成了王存柏的断手再植手术时,整个身体就像散架了一样。

几个月后,王存柏右手能够活动了,能够拿报纸了,能够举筷子了。陈中伟的断肢再植技术成功了。

"谢谢您,谢谢您,陈医生……"王存柏连声说。

陈中伟高兴得热泪盈眶。

陈中伟首创的断肢再植技术轰动了世界。

人造血的发明

鲜红的血液是宝贵生命的象征。人体缺少血液,或血液出现了问题,生命就会发生严重障碍,甚至因此丧失生命。因此,科学家们一直在研究能够替代血液的人造血。但是,许多年以来,一直无明显进展。就在科学家们一筹莫展的时候,一只未被淹死的老鼠给人造血的科研工作带来了新的转机,呈现出鼓舞人心的"柳暗花明又一村"的景象。

那是 1966 年的一天,美国科学家利兰·克拉克正在医药实验室里做实验,一只供实验用的老鼠突然从笼子里逃了出来。克拉克转身去捕捉老鼠,那只行动敏捷的老鼠三蹿两跳,怎么也捉不住它。最后,惊慌失措的老鼠掉进了一只装有氟碳化合物的容器。克拉克赶紧去捞,那只老鼠不配合,捞了半天也没捞上来。当最后老鼠被捞上来时,克拉克以为淹了半天的老鼠应该已奄奄一息了,谁知老鼠一抖身上的液体,一下子敏捷地逃窜而去。

为什么这容器里的液体不会淹死老鼠呢?克拉克一下子来了兴趣。他放下手中的实验,转而研究起容器里的液体来。经分析,这种溶液叫二氟丁基四氢呋喃,含氧能力特别强,约为水的 20 倍,氧的溶解度占其体积的 40% ~ 50%,老鼠在这样的溶液里可以维持较长的生存时间。为了证实这一点,克拉克特意捉来几只老鼠,将它们浸在溶液深处达两小时,再捞上来时,老鼠们依然欢蹦乱跳。后来,克拉克又将这种溶液注射进老鼠体内,代替老鼠的血液,老鼠也存活了好几个星期。

为什么这种叫做二氟丁基四氢呋喃的溶液能代替血液呢?原来血液在体内循环时,最主要的功能是携带氧气进入体内,通过毛细血管,将氧气送到各种器官组织细胞里去进行生物氧化反应。这种携氧功能是由血液中的血红蛋白来完成的,所以人造血又称人造血红蛋白液。

但是,美国科学家克拉克研制的人造血还不能在临床上投入使用。因为二氟丁基四氢呋喃溶液颗粒太大,输入体内后不能排出体外,会在人体器官里沉淀下来,导致人体慢性中毒。美国科学家又找到另一种氟碳化合物,叫全氟萘烷,可从尿道和汗腺中排出,但还存在堵塞微血管的副作用。后来,日本科学家发现,在全氟萘烷溶液里加入少量的全氟三丙胺再经人工乳化,就能解决上述问题。经动物试验后,1979 年 4 月,日本医生用这种人造血给一位大失血病人输血获得成功。

人造血没有血型,人人可输,又可在制药厂大批量生产,而且可保存 3

年,输氧能力比真血高两倍,全世界已普遍在临床应用。我国从 1975 年开始研制人造血,1980 年 6 月 19 日在上海临床应用获得了成功。

人造血管的发明

1982 年,世界卫生组织的有关资料显示,全世界已经有 37 万多病人在使用人造血管,从而过上了健康的生活。

人造血管的基本材料是聚四氟乙烯,它的发明者是美国戈尔公司老板的儿子鲍勃。

1958 年初,鲍勃的父亲放弃了杜邦公司的优厚酬金,自己投资创办了戈尔公司,主要用聚四氟乙烯作为原材料来生产带状电缆。虽然生意红火了一阵子,可是到了 1969 年的秋天,由于市场竞争及产品的饱和,电线电缆的业务量逐渐减少。

"爸爸,这样下去总是不行的,要在新产品的开发上下工夫啊!"有一天,鲍勃这位化学博士向父亲提出了自己的主张。

"开发新产品也不是一件容易的事,要是能节省些材料就好了。"戈尔对儿子说,"节省原材料就能提高利润。"

"对,要是能把现在的这种聚四氟乙烯拉长,把空气吸到材料中,又不影响材料的性能,那就能大大减少生产的成本了。"鲍勃觉得父亲的话也很有道理。

然而,当时的高分子加工领域的人都认为聚四氟乙烯管是不能大幅度拉长的。真的不能拉长吗?有没有人真的拉过?年轻气盛的鲍勃就是不信。他想,还是自己动手试试看再说吧。于是,连续三天,他把一根聚四氟乙烯管放在实验室的烘箱里慢慢烘烤,然后抓住两端,轻轻地拉。可是,每一次都是"啪"的一声,管子被拉成了两截。后来,

激发灵感的发明故事

鲍勃又不断地调节着预热的温度,不停地拉,结果还是失败。

有一天晚上,鲍勃又在做拉聚四氟乙烯管的实验,拉一次失败一次。实在又气又恼的他,狠狠地抓住管子猛地用力一拉,嘿,一英尺的管子竟然一下被拉成了两臂长。

"成功了,成功了!"鲍勃终于找到了拉长的窍门:烤热后用力要猛!

聚四氟乙烯管的拉长,迅速为戈尔公司带来了效益。

一天,鲍勃的父亲和几个朋友察看鲍勃的实验室。一位医生朋友无意间拉伸了聚四氟乙烯管子,立即惊讶地问:"这是什么新玩意儿?"鲍勃告诉他,这种聚四氟乙烯管,只要给它一定的热量和力度就能拉长。

"热量?力度?人体的血是热的,血的流动是有力的,能不能用它代替血管呢?"这位医生兴奋地说。

善于抓住商机的鲍勃立即说:"大胆地试一试吧,要是成功了,那可是造福千秋万代的事。"

后来,这位医生先用这种管子在猪身上做试验,果然能把猪的心血管接起来。接着,他又在人体上进行试验,发现人使用了这种管子以后,管壁上会长出小泡泡。这说明,用聚四氟乙烯做成的人造血管强度还不够,经受不住血的压力。鲍勃和公司的其他成员立即进行攻关,经过 20 多次试验,世界上第一根人造血管终于问世了。

从此,许许多多心血管病人得到了第二次生命。

试管婴儿的诞生

2004 年 9 月 4 日,在英国的布里斯托尔市上班的 26 岁姑娘路易丝·布朗披上了洁白的婚纱。一个普通姑娘的婚礼为什么会受到了全球的关注呢?原因是路易丝是世界上第一个"试管婴儿"。

20 世纪六、七十年代,路易斯的母亲莱斯莉因输卵管有病无法生育,经过医生 9 年的精心治疗,仍然未能怀孕,她和丈夫约翰决定接受一种尚无成功先例的"试管受精"技术。

试管受精时,首先将母亲身体中卵巢里的卵子取出来——这叫人工采卵,然后把它放在预先准备好的,里面有供卵子生存发育的培养液和温度适宜的玻璃器皿中,然后加入从父亲身上采取的精子,使卵子受精。在玻璃器皿中,受精的卵子快速发育,到第 6 天已成为一个小小的胚胎。医生再把这个小小的胚胎放回母亲体内的子宫里,这时,胚胎与正常怀孕时的情况一样,在子宫里一天天长大,怀足 10 个月后,便降生到这个世界上,开始丰富多彩的人生。

人类对试管婴儿的研究最早是从动物开始的。1959 年,美籍华裔生物学家张觉民教授进行兔子体外受孕实验,将 36 个体外受精的兔胚胎移植到兔子的子宫内,成功地生下了 15 只健壮的小兔子,为人类的体外受精提供了参考。

英国科学家爱德华兹和斯蒂普特从 20 世纪 60 年代就开始"试管婴儿"的研究。1977 年的某一天,他们从莱斯莉的体内取出卵子,和她丈夫约翰的精液一起放入培养皿内使卵子受精,然后将受精卵重新移入莱斯莉的子宫中。1978 年 7 月 25 日,路易丝·布朗的诞生使全世界为之欢呼,成为世界各大媒体的头条新闻。路易丝出生 10 个月开始学步,3 岁时可以满地跑,她的健康与聪明,改变了世人对"试管婴儿"的观望和反对态度。据统计,目前全世界平均每天有 4 名"试管婴儿"来到人间。

一转眼 26 年过去了。新婚的路易丝感到无比幸福,她的丈夫威斯利·穆林德是个安全警官,时年 33 岁。他们是两年前在布里斯托尔的一个夜总会认识的。当时,威斯利并不知道他一见钟情的快乐女孩竟是世界上第一个"试管婴儿"。路易丝在接受媒体采访时称,她和丈夫想要一个自己的孩子。

激发灵感的发明故事

我国首个"试管婴儿"诞生在 1988 年 3 月 10 日，目前我国已掌握了成熟的"试管婴儿"技术。"试管婴儿"是生殖医学研究的一项重要突破，它为许多卵巢功能不健全，不能正常怀孕，又想要孩子的妇女带来了福音。

夜安枕的发明

澳大利亚有一位名叫莱地查兰的妇女，她的丈夫有个睡觉打鼾的毛病，使她非常苦恼。

长年累月，她的丈夫每天晚上都鼾声如雷，闹得她久久不能入睡。可丈夫又不是有意的，无法控制自己，因此也感到很难办。

"怎么办呢？睡觉是人生活的重要部分，不能好好睡觉，怎么能好好工作呢？"

莱地查兰被这个烦恼深深地困扰着，也想不出什么办法来。有时实在困得要命，才能迷迷糊糊地睡一会儿，可是过不了多久，又被一阵阵如雷的鼾声从甜蜜的梦乡中惊醒。

有一次，莱地查兰刚刚睡着，又被丈夫的鼾声吵醒。但这一次她没有推醒丈夫，也没有发牢骚，而是非常认真地注视着丈夫。

"是不是他的睡觉姿势不对头呢？"她突发奇想。然后，仔细观察着丈夫的睡觉姿势，并将丈夫的睡姿描绘下来。

经过长时间的观察、比较，莱地查兰终于发现打鼾的人和平常人的睡姿有所不同。之所以打鼾，与他们睡觉时头、颈、肩部的角度有关，也就是说，与他们的睡姿有关。

原因找到后，莱地查兰设计出一种能纠正睡姿的枕头，让她丈夫试用。她的丈夫使用后，无论侧睡还是仰卧，都能保持气管呼吸的畅通，再也不打鼾了。人们称这种枕头为"夜安枕"。

这种夜安枕经过改进之后，于1984年正式投产，推向市场，为数以万计长期被鼾声所困扰的人带来了福音。大家不会忘记这位可敬的澳大利亚妇女——莱地查兰。

人工授粉的应用

小朋友们都知道，给果树传授花粉的，有蝴蝶、蜜蜂或其他昆虫，还有大自然里的风，很少知道还有人工为果树传授花粉的。

世界上第一位为果树进行人工传授花粉的，是俄国的米丘林。

米丘林的父亲是一位园艺爱好者，在米丘林很小的时候，他的父亲就为他种了一棵中国苹果树。可是，一直到米丘林八岁的时候，这棵中国苹果树才结出比樱桃还小的果子。米丘林哭了，并在心里暗暗发誓："长大了，我种出的苹果树一定能结又大又甜的苹果。"

可是，不幸接踵而来：在中学时，因为他不满学校的教育方式，与老师产生了分歧，被校长赶出了学校；接着，父亲积劳成疾，离开了人世，米丘林只好在艰难困苦的生活中挣扎。

后来，米丘林终于积攒了一点儿钱，在自己的住处开辟了一块小小的果园，为实现小时候的理想迈出了可喜的一步。他在自己的果园里种上了中国苹果树，开始了改良苹果树的试验。

邻居看了，都笑话他："一个穷光蛋也要搞什么研究，真是天方夜谭。"

"好不容易弄了个小果园，竟然种这些连半个卢布都不值的东西。"

"傻子还能做出不傻的事吗？跟自己开开玩笑而已。"

米丘林听了，反而更加坚定了自己搞研究的决心。他想，一定要用别人没有用过的方法，种出别人没有种出的果子。

他知道，果实的大小与果实的花粉质量有关。于是，他请南方的克里米亚和高加索地区的园艺师们帮忙，恳求他们把能结出又大又好的苹果的苹果花粉寄到北方来，改变自己北方果树的品种。

同行们接到信后，纷纷伸出了援助之手，挑选了一些好的花粉寄给了米丘林。他接到这些花粉后，高兴不已，把这些花粉分成了好多份，在果树开花的时候，小心翼翼地把花粉撒到了自己果树的花粉上。

"可是，这些花粉容易被风吹跑或被小昆虫弄走，这样，花粉的质量又改变了。"米丘林想，"怎样才能解决这个问题呢？"

米丘林想呀想，就是想不出什么"高招"来，急得整天在自己的果园里转，抓耳挠腮，后来，他受灯罩启发，用纱布罩子把一朵朵人工授粉的花朵罩了起来。这样，既避免了蜂蝶等昆虫来"骚扰"，又保证了空气和阳光不被隔开。几个月后，他打开纱罩，终于看到了亲自育出的果实。虽然没有希望的那么大那么甜，但是，人工授粉毕竟成功了。

后来，米丘林不断研究，不断试验，从人工授粉到人工嫁接，终于培育出了又大又甜的苹果。消息传遍了俄罗斯，连北欧和加拿大的高寒地区的园艺专家都来学习取经。米丘林也因此成为举世闻名的园艺家。

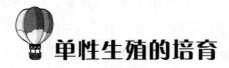

单性生殖的培育

在五彩缤纷的大自然中，有人喜欢温柔的小兔子，有人喜欢美丽的蝴蝶，有人喜欢灵巧的猴子……可是，有人竟然喜欢丑陋的蛤蟆！这人就是大名鼎鼎的生物学家朱洗。

他为什么会喜欢癞蛤蟆呢？原来，他想培育出没有"爸爸"的蛤蟆。

没有"爸爸"的蛤蟆？这可能吗？小朋友都知道动物与人类一样，既要有爸爸又要有妈妈。可是，朱洗直到 25 岁那年，考入法国蒙贝利大学生物系学习时，还念念不忘没有"爸爸"的蛤蟆。

"老师，如果动物没有爸爸或没有妈妈，能不能生育后代呢？"

"什么？没有爸爸或没有妈妈也能生育出后代？那是天方夜谭！"老师不屑一顾地说。

"傻子才会这样想问题。"同学们投来了轻蔑的目光。

朱洗听了，面红耳赤，知道争论是没有用的。可是，他相信这是能够做到的，不能没发现就说不存在。

"用什么来证明这是可能的？"朱洗在心里反复地想。

有一天，他到郊外散步，看到草丛中有一只步履笨拙的蛤蟆，顿时眼睛一亮："没有人瞧得起的蛤蟆，我一定叫你创造一个奇迹！"

朱洗决定从这个极小的、极普通的，甚至让人瞧不起的蛤蟆开始做实验。虽然大学的实验室里具备各种实验条件，可是，他做的实验一次次都失败了，直到 31 岁那年，已拿到了博士学位，还是没有"生"出没有"爸爸"的蛤蟆。

回到祖国后，朱洗被分配到上海实验生物研究所工作，从事生物实验研究。他再次想起了大学时代的那个"天方夜谭"。1958 年冬天，朱洗又开始了一次新实验。

"把这只母蛤蟆放进冷库里，让它冬眠。"朱洗吩咐他的助手。

"为什么要这样呢？"助手不解地问。

"青蛙和蛤蟆都是爱冬眠的。现在是大冬天，又怎么让它繁殖呢？只好先让它睡一觉吧。"朱洗笑着说，"耐心地等着吧，明年春天的时候，我们让它生出一群小蛤蟆。"

助手们半信半疑地笑了。

朱洗和他的助手在希望中迎来了春天。他们把酣睡的母蛤蟆"请"了出来，轻轻地剖开了它的腹部，拿出了卵巢，放到了温室。

"瞧，让它这样吮吸血。"朱洗拿着一根尖细的玻璃丝，把卵子刺出了一个小洞洞，然后让涂在卵子表面的血液慢慢渗进卵子中，最后，把

激发灵感的发明故事

它放到了一个特殊的容器里。

过了一段时间,那容器中长出了一颗颗小蝌蚪;又过了一段时间,那小蝌蚪变成了一只只小蛤蟆。

"成功了,成功了!"朱洗和他的助手欣喜若狂。

一群没有"爸爸"的小蛤蟆终于诞生了。

第二年,这群没有"爸爸"的蛤蟆又生出一群没有"外公"的小蛤蟆。

朱洗的"人工单性生殖"技术的成功,揭开了生物遗传学新的一页!

 # 脖颈夹板器的发明

1987 年 4 月,在第 15 届日内瓦国际发明与技术展览会上,阿莉德·婷因发明脖颈夹板器,获得了世界知识产权组织每年向当年最优秀的女发明家颁发的金奖。消息一传出,她的亲友纷纷打电话向她表示祝贺。可是,她却笑着说:

"我在发明脖颈夹板器的时候,只是想,能为承受痛苦的人做点事情,就是自己最大的幸福。"

事实的确是这样。阿莉德·婷从事发明并没有什么了不起的动机,她搞这项发明时已经45岁了,而且她并不是专门的研究人员。

1936 年 4 月 6 日,阿莉德·婷出生在挪威首都附近的一个农庄里。她的父亲虽然以务农为生,可是,一直爱好发明创造,有十几项发明专利,在当地很有名气。受父亲的影响,她对科学技术特别感兴趣,虽然在 25 岁时就结了婚,过着普普通通的家庭主妇生活,但并没有失去热爱科学的热情,45 岁那年仍然到奥斯陆大学注册学习。

1984 年的一天,阿莉德·婷往学校走去。可是,交通突然阻塞,人们围成了一堵厚厚的墙。她拼命地挤过去,一看,一个男人的一只脚卡在废车堆里，一点儿也动弹不得，头部却在汩汩地流血。

"他的头骨破裂，千万不要轻易搬动。"学过一些护理知识的阿莉德·婷对赶来救护的家人说，"移动头部真是太危险了。"

"要是把脊椎弄伤了，即使医院里有最好的外科医生也无能为力。"有些医学知识的人也附和着说。

"是啊，还是等急救车来了再说吧。"阿莉德·婷眼看着这个男人的血不断地在往外流。

后来，她不忍在现场看下去，伤心地回家了。

回家以后，她反复地想着这件事儿，那悲惨的情景总是让她难以忘怀。有一天，她忽然想，能不能用传统包扎断腿、断臂的夹板来包扎断裂的脊椎呢？或者说，能不能发明一种这样的夹板呢？那样的话，人们就不用担心在搬动受伤者头部时会弄断脊椎了。

她决定进行这项十分有意义的研究。

于是，她从零开始，系统地学习了人的生理知识，对解剖学、骨科学、护理等有关的学科进行了认真的研究，并走访了一些骨科医生，随后开始设计脖颈夹板器：用两块板子夹住脖颈，搬动头部时，脊椎不会受到损伤。经过一次一次试验，3 年以后，阿莉德·婷这个普通的家庭妇女，终于完成了这项对人类十分有益的发明。

脖颈夹板器的发明，为数以万计的头部受伤者的救护工作立下了汗马功劳。

杂交水稻的培养

1964 年，又一个水稻扬花的季节来临了。我国农业专家袁隆平像往年一样，在他的试验田里仔细巡视起来。突然，他的眼睛一亮：

激发灵感的发明故事

"呀,这不正是我要找的水稻植株吗?"眼前的这株水稻,稻花内的雌蕊发育正常,雄花还没有花粉,已经呈现出干枯的样子。

袁隆平立即蹲下身子来,把这株水稻小心地挖了出来,慢慢地移到了试验盆里。同事们见了,非常惊讶地说:"怎么,找到了宝贝?"

"是啊,它的确是宝贝。现在,它比什么都重要。"

后来,他在这片稻田里又找到了3株像这样的水稻,激动得说不出话来。他说,丰收计划就要实现了。

1954年,袁隆平从西南农学院毕业,自愿来到地处湖南安江镇的黔阳农校,当一名普通的老师,希望在这里实现自己的梦想:培育出一种高产优质的水稻品种。从1960年起,他的研究思路渐渐明朗,要想培育出一种高产优质的水稻,最好是培育出一种杂交水稻种子,让它的第一代展现最大的优势,从而极大地提高水稻的产量。可是,要培育出杂交水稻,首先要找到雄性不育的水稻植株,因为水稻是雌雄同花的白花授粉植物,在同一朵花上并存着雌蕊和雄蕊。只有找到雄蕊不育的植株,才能实现异花授粉,才能人工培育出杂交水稻。

想想看,在茫茫稻田,在几百甚至几千株水稻中,要找到一株雄性不育的水稻植株,这是多么困难啊,就像大海捞针一样!

然而今天,袁隆平在一块稻田里竟然找到了好几株这样的水稻植株,怎么能不让他兴奋呢? 这一年,袁隆平像服侍婴儿一样服侍着他的这几株水稻,亲自为它浇水、施肥,并定期观察、记录,又用人工的方法将别的稻花采过来与它们杂交,从而成功地繁殖出一代雄性不育稻种。

1971年,中国农业科学院在袁隆平的倡议下成立了杂交水稻协作组,全国各地的几百名农业科学技术人员在他的统一指挥下,一起向杂交水稻"攻关"。1973年,袁隆平的杂交水稻试种成功,亩产达到500千克,晚稻亩产达600千克。这是中国广大农民一辈子想都不敢想的产量! 1975年,全国的杂交水稻种植面积达5000亩,1980年扩大到8000万亩,为中国的水稻大丰收作出了杰出贡献,解决了无数人的温饱问题！

1981 年,国务院在北京召开表彰大会,授予籼型杂交水稻发明特等奖,袁隆平个人荣获一枚特等发明奖章。袁隆平的杂交水稻也从中国走向了柬埔寨、泰国等国家,在世界范围生根发芽,开花结果。

克隆羊"多利"诞生

伊思·威尔莫特是个魁梧、壮实的男人,并且长着络腮黑胡,是个典型的男子汉,但他却对动物的生育繁衍充满着兴趣。

1997 年 2 月 14 日,在英国罗斯林研究中心,一头叫"多利"的绵羊诞生了。多利一声温柔的"咩"声,不亚于一颗原子弹的爆炸声,震惊了全世界。因为多利不是一头普通的羊,它是世界上第一头被克隆出来的羊。助产士就是伊思·威尔莫特。

一般的羊的出生过程大家都十分熟悉:一头母羊与一头公羊交配后怀孕,经过胚胎发育,便能产下小羊。那么,克隆羊是怎么繁殖的呢? 克隆羊没有父亲,也没有传统意义上的母亲。克隆就是用一头雌羊的细胞独立地繁殖出一头雌羊,或用一头雄羊的细胞独立地繁殖出一头雄羊。这种羊长大后和亲体羊一模一样。克隆原来只能在低等生物中进行,如让细菌、涡虫从一个细胞分裂成两个子体,或是让植物出芽生殖,在一定部位上长出芽体,长大后分离出去而成为独立的个体。以这种繁殖方式产生的新个体与亲体有百分之百相同的遗传基因,用专业术语讲,克隆就是无性繁殖。

让一头雌羊或雄羊自己去繁殖出一头羊,这当然是不可能的,只有科学家在实验室中才能完成。英国罗林斯研究中心的伊思·威尔莫特就是从事这种研究工作的。多年来,他一直致力于改进农场动物的克隆研究。他的研究课题是：从羊身上取得一个细胞，要让这个细胞繁殖出一头羊来。这简直是"天方夜谭"式的神话，在伊思·威尔莫特之前被认为是不可能的。在经过许多次实验后，威尔莫特也失败了。

1996年7月5日，伊思·威尔莫特从一头母绵羊身上采下细胞，用各种办法使它像一个胚胎一样生长，最终培育出了克隆羊多利。这条新闻顿时轰动了全世界。因为它打破了自然界亘古不变的生殖规律，是生物工程技术史上的一座里程碑，也是人类历史上的一项重大科技突破。

多利诞生以后，科学家们对于怎样运用这项技术及这项技术将发展到什么程度产生了严重的分歧。支持派的科学家认为，这项技术将能挽救濒危动物，并能为不能生育的人推出一项新的治疗技术。出于对我国国宝大熊猫的珍爱，在多利问世的那一刻，很多人就想到可以用克隆技术克隆大熊猫，这样国宝就可免遭灭绝之灾。但是，很快就有研究人员站出来说，由于克隆大熊猫的个体基因是一模一样的，因而不能增加大熊猫的遗传多样性，对大熊猫的繁衍没有好处。克隆动物将会导致生物种类减少，个体生存能力下降。更严重的问题是，一旦将克隆技术运用到人身上，人类传统的伦理价值观念将遭到彻底的颠覆。面对一个用自己的体细胞克隆出来的跟自己一模一样的人，将无法判断这个人到底是你的孩子或兄妹还是什么人，随之将会带来一系列社会、伦理问题。我国和欧洲大部分国家都禁止克隆人。很多国家已制定相关法律限制克隆人。1997年3月5日，美国总统克林顿下令禁止联邦政府机构拨款资助人体克隆试验。

伊思·威尔莫特是一位谦逊而不爱出风头的科学家，对于这项研究，他只投入了有限的资金，远未料到这项科研成果对世界造成如此大的冲击波。他说，他只想利用这项技术来改良家畜的品种和质量，克隆人应该被禁止。

石蕊试纸的发明

英国科学家波义耳经常对朋友这样说:"这个世界如果没有花儿,该是多么单调啊。"在工作之余,波义耳喜欢养花,他生活的地方摆满了鲜花。

有一天,波义耳在实验室里正准备把一束紫罗兰插到花瓶里时,他的助手兴致勃勃地送来几瓶试验用的盐酸,他连忙放下手中的花束,把助手送来的盐酸倒进瓶里。只见一股烟雾立即在室内弥漫开来,爱花如命的波义耳害怕浓雾会腐蚀花儿,就把花儿放在清水里洗了洗,忽然,他发现一种有趣的现象:紫罗兰变成了红色。

"这是怎么回事啊?"他简直不敢相信自己的眼睛,不禁惊叫一声,而后又陷入了深深的沉思之中,"会不会是在盐酸的作用下才改变颜色的呢?"波义耳又重拿一束试验一下,果然没错。

"在盐酸中会变色,那么在其他酸类的作用下会不会改变颜色呢?"他又重新做起试验,结果发现,紫罗兰不仅在盐酸中会变色,在磷酸、硫酸以及其他所有酸类中都会变成红色。晚上,波义耳躺在床上,心里还想着白天的实验。他想,既然这样,其他的花儿是不是也会在酸和碱的作用下改变颜色呢?

第二天,波义耳又做起了试验。他收集了许多植物的根、茎、叶和果实,将它们的汁液提取出来进行试验,试验后才恍然大悟。原来,这些植物大多数在酸的作用下都会改变颜色,特别是一种名叫石蕊的苔藓类植物,更是敏感,一碰到酸和碱立即就会变色。

"真是太奇妙了,这不是最好的检验酸性溶液的指示剂吗?"后来,波义耳用石蕊做成了试纸,果然能检验出溶液的酸碱性。

激发灵感的发明故事

橡胶硫化法的发明

美国有一个叫古德伊尔的人，对橡胶研究很有兴趣。

"要是能制造出一种夏天不黏，冬天不硬，像皮子似的橡胶该多好啊！"他苦苦地思索着，可总是找不到解决这个问题的突破口。

有一天，一个要好的朋友给他寄来一封信，信中说自己做了一个梦，梦见古德伊尔把硫黄掺进了生橡胶里，放在太阳光下暴晒，结果发明了一种新橡胶。

这个朋友可能觉得，也许这个梦能对古德伊尔有所启发，因此才从千里之外寄来这封信。读完信，古德伊尔不禁流下了感动的泪水。

"说不定硫黄还真能解决大问题呢。"古德伊尔立即投入试验。结果发现，橡胶质量有很大改变，但一到夏天还是发软、发黏、变质。古德伊尔又一次陷入了深深的迷茫之中。

一转眼，寒冷的冬天又来临了。这天晚上，古德伊尔坐在火炉旁，手里拿着一块生橡胶，边取暖边思考着。不知过了多久，他那拿着生橡胶的手被火灼了一下，再看看手里那块生橡胶，已被火烧焦了。他用手捏捏被烧焦的生橡胶，发现橡胶中间很有弹力。他豁然开朗："橡胶发黏是因为太阳光温度低；橡胶烧焦是因为炉火温度高，中间部分不黏也不焦，而且富有弹性，这一定是因为温度合适的原因。"

他根据这个想法，把硫黄掺入生橡胶里，再用不同的温度来处理，经过不断地测量、改进，发明了橡胶硫化法。

后来，人们用这种橡胶硫化法，制成了各种各样的雨衣、雨鞋，它们和皮子一样软，而且还富有弹性。古德伊尔的愿望终于变成了现实。

人造丝的发明

很久很久以前，人类就渴望能够像蜘蛛那样生产丝。18 世纪 30 年代，法国的科学家卜翁对蜘蛛吐丝作过专门的研究，并利用上万只蜘蛛的丝液抽成丝，织成了一副手套，可惜这种蜘蛛丝很容易断，而且稍稍热一点儿就会化掉。显然，这样的丝是没有意义的。而且，需要那么多蜘蛛才能吐出有限的丝，很不值得。

那么，怎样才能实现人造丝的梦想呢？1884 年的一个偶然机会，柴唐纳圆了这一美梦。

柴唐纳是法国的科学家，在工作之余爱摆弄他的照相机。一天晚上，他依旧走进自己的暗室里冲洗照片。可是，无意中发现照片的底片竟溶解在酒精和乙醚的混合液中，并形成了一种很黏稠的液体。

"咦，这是怎么回事，怎么会这样黏稠？能不能做人造丝的材料呢？"柴唐纳心中暗暗惊喜，一边轻轻地搅拌，一边仔细观察，他知道，科学界至今还没有解决发明人造丝的难题。同时，他也十分清楚，照片的底片是用硝化不完全的硝化纤维制成的，而硝化纤维里溶化了桑叶、棉花等物质。说不定，这些物质就能制造出人造丝。想到这儿，柴唐纳激动了，决定亲自试验一下。

于是，柴唐纳像卜翁那样，拿来了针管，把这些液体吸进针管里，然后，用针管轻轻地往外挤，"咝——咝——，"针头里果然喷出了一根长长的细丝来。他用手轻轻地一拉，嘿，又轻又结实。

"人造丝，人造丝。"柴唐纳望着自己的杰作，连声自语，"真是想不到啊！我发明了人造丝！"

这就是世界上第一根人造丝。

由于硝化纤维是一种制造炸药的材料,用它来制造人造丝也相当危险。经过反复试验,柴唐纳终于制成了一种十分安全的硝化纤维,用这种硝化纤维制成的人造丝就不会爆炸了。

1889 年,柴唐纳把自己发明的人造丝拿到英国伦敦的国际博览会上参展,受到了人们的一致赞扬。两年以后,柴唐纳创办了第一个人造丝厂。从此,人造丝做成的衣服渐渐流行起来,成为人类服饰中不可或缺的一道风景。

 # 割圆术的诞生

刘徽是我国魏晋时期的杰出数学大师,他为计算圆周率绞尽脑汁。

一次,刘徽看到石匠在加工石头,觉得很有趣,就仔细观察了起来。"原本一块方石,经石匠师傅凿去四角,就变成了八角形的石头。再去八个角,又变成了十六边形。"一斧一斧地凿下去,一块方形石料就被加工成了一根光滑的圆柱。

谁会想到,在一般人看来非常普通的事情,却触发了刘徽智慧的火花。他想:"石匠加工石料的方法,可不可以用在圆周率的研究上呢?"

于是,刘徽采用这个方法,把圆逐渐分割下去。一试果然有效,他发明了亘古未有的"割圆术"。

刘徽沿着割圆术的思路,从圆内接六边形算起,边数依次加倍,相继算出正 12 边形、正 24 边形……直到正 192 边形的面积,得到圆周率 π 的近似值为 3.14;后来,他又算出圆内接正 3072 边形的面积,从而得到更精确的圆周率近似值:$\pi = 3.1416$。

第一颗人造宝石

19 世纪的时候,金刚石作为一种名贵的装饰物,深受淑女们的喜爱。她们把金刚石加工成各种各样的饰品,佩戴在身上,既为自己增光添彩,也向别人显示自己与众不同的身份。

可是,天然的金刚石产量实在太少,根本无法满足人们的需求。药店学徒出身的法国化学家莫瓦桑,看到这种情况后在心里想:能不能用人工制造金刚石来满足人们的需要呢?那样不就解决供求紧张的问题了吗?他认为这是一项很有意义,也很有前景的事业。于是,这位刚登上化学殿堂的年轻人,在化学界同人的异样目光中,开始了艰难的探索。

他希望人类能用自己的手把石头变成"金子"。

在当时,人们已经在陨石里发现了石墨和碳,而天然的金刚石里也夹杂着石墨和碳。这就是说,金刚石是石墨和碳在不同的条件下转化成的。莫瓦桑在研究中发现,要使石墨和碳变成金刚石,就必须要有强大的压力,而且强力之大,令人吃惊。因此,莫瓦桑就用各种各样的方法对石墨和碳进行加压,希望它们能够变成金刚石。然而,在对碳和石墨加压中,他发现挤压不行,撞击也不行,一次次失败让他痛苦不堪,一次次失败也让他制造金刚石的意志更为坚定!

后来,他终于想到利用"热胀冷缩"的方法给它加压,这一招果然有效:他设计了一种特殊的装置,在熔化的铁液中掺入少量的碳,使碳和铁液混在一起,然后把烧红的铁液一下子倒入冷水中,水立即产生了强烈的嘶鸣声,一团团水蒸气迅速升腾着。熔化的铁立即变成了固体,同时,内外产生了一股非常强大的压力,使金属铁中的那些碳变成了一颗颗很小的亮晶晶的结晶体——这种新物质,比天然的金刚石黑一点儿,不像天然的金刚石那样闪烁着迷人的光泽,但是硬度比一般的物质强多了,用来打磨其他物体真是绰绰有余。

这就是第一颗人造金刚石。

法国科学院经过慎重论证,立即向全世界公布了这一惊人的喜讯:贵重的宝石,完全可以用碳作为原料,用人工的方法制造出来!

有了莫瓦桑的创举,人类从此掀开了人造宝石的新篇章!

 # 祖氏原理的发现

数学家刘徽在研究球的体积时,用两个直径与球相等的、轴线互相垂直的圆柱从正侧面贯穿球体。这样,球体正好被包含在两个圆柱相贯的公共部分,这个公共部分的外形就像一个既圆又方的盒子,刘徽给它起名为"牟合方盖"。刘徽发现,当用一水平截面去截时,球和"牟合方盖"相应截面积之比总是为 π:4,这也正好就是球与"牟合方盖"的体积之比。因此,要求出球的体积,只要知道"牟合方盖"的体积就行,但刘徽未能计算出来。

上天把这个任务交给了祖冲之的儿子——南北朝时期南朝的杰出数学家祖暅之。他沿用了刘徽的思路,反复研究,用实物具体测量,终于发现:在两个等高的立体中做与底平行的截面,若对应处的截面积处处相等,则两立体体积相等,这一原理被称为"祖氏原理"。

运用"祖氏原理",祖暅之巧妙地计算出了"牟合方盖"的体积,终于得到了球的体积公式,用现代数学公式表述就是:$V_{球} = 4\pi R^3 / 3$。

假牙的发明

龋齿一直是个困扰人类的问题。在公元前 700 年左右,古代意大利北部的伊特拉斯坎人用黄金来制作假牙。但直到 18 世纪为止,这种质地的牙齿仍然非常少见。制作完全适合病人的牙齿相当困难,而且上排假牙也频频脱落。有时戴假牙几乎像蛀牙本身令人疼痛一样糟糕。

为了使口腔顶部的上齿不致脱落,一位名叫福查德的 18 世纪巴黎牙医首先用钢质弹簧来制作假牙。但即使就这些弹簧来说,很少有装得妥帖的,而且传统的制牙材料——象牙过不了多久就坏了,口腔内还会随之发出一股讨厌的味道。

18 世纪后期,法国的牙医们引进了瓷质。整个上排齿和下排齿都可以用单独一块瓷料来模制。这样就制成了一套牢靠、耐用的假牙,可它们仍令人感到不舒服。

直到 19 世纪 40 年代之前,佩戴假牙还是令人感到不舒服。接着,美国五金商兼发明家查理·古德伊尔在 1844 年公布了一种叫做硬橡皮的硬化橡胶新结构。当病人口腔的压印做出来时,可以把硬橡皮模铸成装假牙用的舒适相配的底板。终于,人们能够戴上既舒服又耐用的假牙了。

为了使制作的假牙使用非常合适,牙医要给病人做口腔的精确压印。做这件事的第一个大概是法国人杜布依斯·德·切曼特,他把蜡伸到病人嘴里去做成压印。

激发灵感的发明故事

解析几何的诞生

1617 年,荷兰奥伦治公爵的军队里来了一名 22 岁的博士生,他就是伟大的数学家笛卡尔。

笛卡尔刚开始的时候是一名军人,但对数学非常迷恋,尤其想碰一碰古希腊几何三大问题。说起这三大问题,还有一个很古老的传说。

大约是 2300 多年前,古希腊的第罗斯岛上,一场可怕的瘟疫正在蔓延,人们生活在死亡的恐怖之中。他们来到神庙前祈求:"万能的神啊,请赐予我们平安吧!"谁知神庙里的主人欺骗这些可怜的人们说:"我忠实的信徒们,神在保佑着你们,只要你们把上供的正方体祭坛,在不改变原来形状的情况下,把它的体积增大到原来的两倍,神就会高兴,就能免除你们的灾难。"

濒于死亡的人们听后立即去改造神的祭坛,他们把祭坛的每边长扩充到原来的两倍。但神庙的主人看后说:"这哪里是原来的两倍,这是原来的 8 倍了。神不高兴啊!"

人们听后赶忙拆了重建,他们把体积改成了原来的两倍,可形状却是一个长方体。神庙的主人训斥道:"该死的信徒们,你们怎么把祭坛的形状改变了呢,这不是戏弄神吗?当心还有更大的瘟疫!"

惊慌失措的人们急忙去找著名的学者柏拉图,把希望寄托在这位大智者的身上。谁知柏拉图和他的学生们无论怎么用起码尺和圆规去画,也同样找不到正确的办法。于是,立方倍积问题便成了一道几何难题。

后来,希腊人又碰到了把一个已知角分成三等分和化圆为方问题(即求一个正方形,使它的面积等于一个已知圆的面积)。

从此,立方倍积、三等分角、化圆为方这三个问题一直困扰着世世代代的数学家,不少人为此呕心沥血,穷毕生精力也找不到答案。这样一直延续了 2000 年。

笛卡尔认真总结前人的大量经验教训后猜想,古希腊三大几何难题,采用尺和规作图的办法,是不是本来就解答不出呢?应该另找一条道路才是。

1621 年,笛卡尔与数学家迈多治等朋友来到巴黎,潜心研究数学问题。

1628 年,他又移居资产阶级革命已经成功的荷兰,进行长达 20 年的研究。这是他一生最辉煌的时期。

一天,疲惫不堪的笛卡尔躺在床上,望着天花板思考着数学问题。突然,他眼前一亮,原来,天花板上有一只蜘蛛正忙碌地编织着蛛网。那纵横交错的直线和四周的圆线相交叉一下子启发了他。困扰他多年的"形"和"数"问题,终于找到了答案。他兴奋地爬了起来,迫不及待地把灵感描绘出来。他发现了这样的规律:如果在平面上画出两条交叉的直线,假定这两条直线互成直角,那么就出现 4 个 90 度的直角。在这 4 个角的任一个点上设个位置,就可以建立起点的坐标系。

这个发现的基本概念简单到近乎一目了然,但却是数学上的伟大发现。它就是建立了平面上点作为坐标的数(x、y)之间和一一对应关系,进一步构成了平面上点与平面上曲线之间的一一对应关系,从而把数学的两大形态——形与数结合了起来。不仅如此,笛卡尔还用代数方程描述几何图形,用几何图形表示代数方程的计算结果。于是,创造出了用代数方法解几何问题的一门崭新学科——解析几何。

解析几何的诞生,改变了从古希腊以来,延续 2000 年的代数与几何分离的趋向,从而推动了数学的巨大发展。虽然,笛卡尔在有生之年没有解开古希腊三大几何问题,但他开创的解析几何却给后人提供了一把钥匙。

1837 年,数学家万芝尔首先证明了,立方倍积和三等分角两个问题,不能用尺和规去完成。

1882 年,林德曼又证明了化圆为方的问题也不能用尺和规来完成。

他们的证明,都是应用了解析几何的原理。

解析几何的重大贡献,还在于它提供了当时科学发展迫切需要的数学工具。17 世纪资本主义迅速发展,天文和航海等科学技术对数学提出了新的要求。例如,要确定船只在海上的位置,就要确定经纬度;要改善枪炮的性能,就要精确地掌握抛射体的运行规律。所有这些,涉及的已不是常量而是变量。

笛卡尔还是一位哲学家,他用他的科学唯物主义来反对封建神学和经院哲学。他的哲学思想影响了整个 17 世纪。他的著作很多,除数学方面的《方法谈》之外,还有《形而上学的沉思》《哲学原理》《论世界》。

1650 年,笛卡尔逝世。

青霉素的发现

第二次世界大战期间,拥有 2500 张床位的美国柏西乃尔医院里,医护人员们正忙碌着收治从太平洋前线运来的伤员。

这些伤员中有 19 名伤兵的伤口严重化脓,身体发着高烧,医生们竭尽全力地抢救着,但救活的希望极其渺茫,伤兵们也痛苦地等待死神的降临。按照惯例,护士小姐拿来了笔和纸,让这些伤兵为亲人留下遗嘱。整个病室笼罩在一种悲痛的气氛当中。

就在这时,一位年轻的医生拿来一些淡黄色的粉末,吩咐护士小姐说:“请把这粉末用蒸馏水溶解,给这些伤员注射进去。”这是一种过去从来没有使用过的粉末,它给绝望的医生和绝望的伤兵带来了希望,也带来了一种神秘的气氛。19 名伤员全都注射完了,医生和护士们怀着忐忑而急切的心情,日夜不离地观察这些伤员。

时间一天一天地过去了,几天以后,果然出现了奇迹。在这 19 名被认为必死无疑的伤员中,有 12 个人慢慢地退了烧,神志恢复清晰,后来完全恢复了健康,陆续走出了医院!

不久,这位年轻的医生又给 49 名重感染的骨折伤员注射了这种黄色粉末。奇迹再度出现了,有 42 人的伤口不再流脓,并很快愈合,康复出院了。

整个医院轰动起来,医生、护士和病人都被这神奇粉末的药力惊呆了:自古以来,还没有这么神奇有效的药。

这种奇妙的黄色粉末,就是沿用至今的青霉素。青霉素的发现,开创了人类征服疾病的新纪元。它与原子弹、雷达一起,被公认为是第二次世界大战时期的三大发明之一。

说起青霉素的发现,还是一件偶然的事情呢。

1928 年的一天,英国医学家弗莱明,在化验室里埋头研究流行性感冒时,发现培养葡萄球菌的器皿上长了霉毛。原来,是某些天然霉菌偶然落入器皿里造成的。出于医学家的敏感,弗莱明仔细地观察起来,他惊奇地发现,在霉毛的四周却没有任何细菌生存! 这一发现使他兴奋不已。于是,他把这种从"天"上掉下来的霉小心翼翼地取出来研究。经过无数次试验,终于培养出了液态霉,并把它命名为"青霉素"。此后,他深入研究了青霉素对各种细菌的抑制和杀灭作用,又证明了它对人的身体无害。1929 年 6 月,弗莱明把他的这一发现写成论文,发表在世界著名的英国《实验病理学》杂志上,引起了世界不少科学家的注意。

遗憾的是,弗莱明的青霉素培养液中所含的这种杀菌物质青霉素太少,很难提取。加上他当时缺乏生物化学的知识和技术,也未能提取出来。如果直接用培养液治病,一次就要向病人体内注射几千毫升，甚至上万毫升，这实际上是不可能的。

当时，在英国的牛津大学里有两个学者，一个是出生在澳大利亚的英国人弗罗理，一个是出生于德国的俄国人钱恩。他们组织人力，在弗莱明实验的基础上对液态霉进行过滤、浓缩、提纯、干燥，反复试验，终于在 1938 年制成了一种棕黄色粉末状的青霉素。其药效极高，即使把它稀释 50 万倍仍然有杀菌作用。1941 年，青霉素首次用于细菌感染的病人，并获得意想不到的成功。从此使世界上数以万计的细菌感染者有了生存的希望。

1945 年，为了表彰青霉素的发明对人类的贡献，诺贝尔生理学和医学奖同时奖给了弗莱明、弗罗理和钱恩三个人，这成为人类医学史上共同协作，取得辉煌成果的佳话。

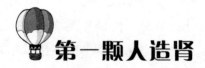

第一颗人造肾

人体腰部的左右两侧各有一个肾脏，别看肾脏体积不大，可是作用相当大。可以说，人体血液过滤、净化的任务，全部由肾脏来承担。

肾脏的生理功能除排泄代谢物，调节水、电解质、酸碱平衡，维持机体内环境恒定外，还有调节内分泌功能。就以血液净化为例，它的作用又是何等重要。我们知道，人体血液中除了红细胞、白细胞外，还有大量的血浆。主要由水分构成的血浆，在血管内形成血液的流动河流。因为有了血浆，血液才能顺畅流通。当身体的细胞把热量转化为其他形式的能量的时候，也会产生一些废物。如果让废物累积在机体的组织内，就会损害人的身体，并危及生命。所以细胞把废物送进血液，随着血液流到肾脏，肾脏回收血液中的有用成分，同时把有毒的以及不需要的物质通过尿液排泄出去。肾脏的功能就相当于血液的净化器。不过,这仅是肾脏工作的一部分。

肾脏也会患病。肾脏疾病有很多种,严重的肾脏疾病可引起肾功能衰竭,甚至可置人于死地。

肾脏在人体器官中扮演了如此重要的角色,一旦它出了问题就会给患者带来极大的危险。因此,许多科学家致力于肾脏病的研究,并致力于人工肾脏的研制。1943 年,荷兰医生科尔夫制成了世界上第一个人工肾脏,这是首次以机器来代替人体的重要器官。这种人工肾脏的工作,是让病人的血液流过机器内的一个水槽,槽内有一个用胶膜包着木框制成的过滤器。血液中的有毒物质能透过人工肾脏的胶膜渗滤过去,血球和蛋白质则不能通过。这台机器可暂时代替人体的肾脏,以使损坏的肾脏逐渐康复。

不过,人工肾脏也有不尽如人意的地方,它需要不断完善。1960 年,美国外科医生斯克里布纳发明了一种塑料的连接器,这种连接器可以永久性地装进病人的前臂,连接动脉和静脉,使人造肾脏极易与它相连,不会损伤血管。此后的数年之内,已有千万名肾病患者利用人工肾脏进行了透析治疗,以维持生命。很多病人接受了专门的训练后,可以在家做透析。

20 世纪 70 年代后,一些功能性高分子纤维得到迅速发展。新的医用人工肾血透析器以三醋酯中空纤维为材料。这种人工肾脏操作简便、效率高,世界上已有数十万人靠这种人工肾脏生活。

 第一颗心脏起搏器

心脏是一个人的命脉所在。心脏位于左胸腔纵隔内,分隔成四腔,即左、右心房,左、右心室,前者由房间膈隔开,后者由室间膈隔开,

房室间由心瓣膜分隔,整个心脏由心包膜包裹。心脏本身的营养由主动脉分出的冠状动脉供应。假如人的心脏出了毛病,就好比汽车的发动机出了毛病。

心脏通过内在的有节奏的电脉冲系统向身体各部位输送血液。电脉冲通过神经传遍心脏;神经与心脏肌肉纤维相连,使其收缩。一旦大脑缺乏血液供应数分钟,就会引起永久性损伤,有时甚至会引起死亡。心脏还有一套备用的脉冲系统,在遇到紧急情况时会接过第一套脉冲系统工作,但是它每分钟产生的心跳次数,不足正常心跳的一半,还不能维持人整个身体的活动。

1862 年,英国外科医生沃尔会什最先提出在心跳停止时使用感应电脉冲。过了 10 年,法国医生德布罗内将一个电极安放在心跳停止的病人皮肤上,把另一个电极握在右手中,同时左手有节奏地轻压病人的胸腔,使心肌收缩。所有这些工作,解决了拯救心脏的部分难题,表明制造人工心脏起搏器是有希望获得成功的。

直至 1932 年,美国心脏病专家海曼才研制出临床用的第一台有效的心脏起搏器。这个重 7.2 千克的仪器被他称为"人工心脏起搏器"。海曼从这个大型的起搏器内引出一根导线,通到心脏的表面,或穿过一条静脉通到右心室。这种心脏起搏器问世后,许多病人的生命得到了拯救。第二次世界大战后,医学技术发展,使心脏起搏器有了很大的改进,体积大大的缩小,这样就可安放在病人的体内。

可是,不要误以为心脏起搏器可以代替心脏,它不是人工心脏,也不能代替心脏输送血液。它的作用只是产生电脉冲。有的起搏器一直不停地产生电脉冲,有的起搏器只是在自然系统失灵后才产生电脉冲。心脏起搏器由电脉冲来帮助心脏继续工作。

随着科学技术的进步,心脏起搏器不断改进、完善,直至发展成一种很小的电子器件,通常可直接植于胸部的皮肤下。目前,新型的心脏起搏器使用核电池,可持续使用十几年,给病人带来了极大的方便。

交通、通信篇

轮船的发明

富尔敦是美国著名的工程师,小时候非常淘气,因玩心太重,功课不是很好,常常受到老师的批评。可是,他聪明,爱动脑筋,因此,也深受老师的喜爱。

富尔敦的兴趣十分广泛,并且特别喜欢画画。

夏天的一个中午,富尔敦瞒着大人,去河边钓鱼。他看见河边有一条小船,就解下缆绳,登上小船,划着桨去河中心。这时,忽然刮起了大风,富尔敦拼命地划动木桨,可无论如何也不能使船前进,他急得满头大汗,只好跳下水,游泳上岸。

富尔敦坐在岸边,望着河中央被风刮得飘来荡去的小船,脑海里泛起了层层波澜:

"顶风的船为什么就划不动?能不能想出一个办法来,使船能自动前进呢?"

晚上,一连串的问号在富尔敦的头脑中翻腾起来,使他躺在床上翻来覆去睡不着。

第二天,富尔敦又来到了小河边,静静的河面上有几只野鸭在欢快地嬉戏。

他又跳上那只小船,心里还在想着昨天的问题,完全忘记了划桨,只是两只脚垂在河里,不停地捣动、晃荡,拍打着水面,不知不觉中,小船到了水中央。

"两只脚不停地晃动,就能使船前进,能不能用机器来代替两只脚呢?"一个奇妙的想法在富尔敦的头脑中闪现。

回家后,他立即把自己的想法画在纸上,画着画着,他竟高兴得跳了起来：

"就是这样，就是这样！"

在船上装一个轮子，轮上布满风车似的桨叶，轮子不断地转动，带动桨叶拍击河水，这不是跟脚捣水一样，可以使船前进吗？

富尔敦很快把船、桨叶、轮子画好了。

可是，怎样才能使画上的景象变成现实呢？富尔敦收集了大量有关的资料，深入地钻研有关造船的专门知识。

1807 年，他制造出了世界上第一艘用机器推动的船——轮船。

打字机的发明

100 多年前，美国有个青年人名叫 C·L·肖尔斯，在一家机械厂工作。有一天晚上，肖尔斯由于工作太累，早早就睡觉了。当他一觉醒来的时候，发现妻子还在灯光下伏案工作，他非常心疼，便一骨碌坐了起来，就在他抬头的刹那间，看到墙上印着他妻子弯着背写字的侧影，一下子激起他心中智慧的火花：灯光下妻子那美丽的影子，不就是他苦思冥想的打字机的原形吗？如果把妻子的头当做写字键，弯曲的背当做字臂，这种结构岂不是最理想的设计吗？

肖尔斯想着想着，竟然从床上跳了起来，嘴里还不停地喊着。这突如其来的喊叫声，把正在聚精会神写作的妻子吓得不知所措，她睁着一双惊恐的大眼睛，久久地望着她心爱的丈夫，心想：他会不会走火入魔了？

看着被吓得目瞪口呆的妻子，肖尔斯镇静下来，随后抱住心爱的妻子，充满歉意地说："亲爱的，有了打字机，你就再也不用这么辛苦了，真是谢天谢地，是你给了我灵感。"

半天才反应过来的妻子,情不自禁地流下了幸福的泪水。

是啊,肖尔斯看着妻子不分白天黑夜地写作,他便想着怎样才能让妻子轻松地工作,想着能不能发明一种写字的机器。他一直苦苦地思索着。经过四年的艰苦努力,多次反复地试验,肖尔斯终于在1867年发明了世界上第一台打字机。

直升机的发明

飞机能像小鸟一样起落自如吗?15世纪,大画家达·芬奇常常这样想,而且画出了这样的飞机——机翼能够上下扑动,螺旋桨快速地旋转。

可惜,他只是画画而已,并没有付诸行动。法国工程师保罗·科努才是第一个制造出直升机的人。

科努小时候就非常热爱科技发明,尤其对莱特兄弟的飞行器研究特别感兴趣,希望有一天也能够像他们兄弟那样设计出自己的"飞行器",像鸟一样在蔚蓝的天空张开翅膀自由飞翔。长大以后,科努全身心地投入到了飞机的研制工作中,苦苦追寻着自己蔚蓝色的飞天梦。

他先设计出了飞机的两副旋翼,又在旋翼上安装了桨叶,再用钢管做成飞机的主构架,而后安装发动机、水箱、油箱等,直到1907年8月,他的直升机才制造好。当他望着自己的杰作长长地舒了一口气的时候,法国科学家布雷盖和李歇也研制出了一架直升机。

科努看到自己的直升机还没有真正地飞上蓝天,别人的飞机已研制出来,心里真不是滋味——多年的努力将前功尽弃。因为发明创造一旦落在了别人的后面,就没有什么价值可言了。

可是,1907年9月29日,布雷盖和李歇在法国杜埃市进行试飞表演时,这架直升机要四个人站在四只巨大的机翼下用长竿撑着,否则,飞机会翻倒。所以,人们并不承认这是世界上第一架直升机,因为这架飞机飞上天是在人的帮助下完成的。

科努终于有了一个新机遇。

他立即抓紧时间对自己设计的飞机重新改进,一个部件一个部件地加工、制作、安装、调试……直到一个多月后的1907年11月13日,他选择了一个晴朗的日子,像布雷盖和李歇那样进行了试飞表演。他坐在飞机里,亲自驾驶,随着隆隆的轰鸣声,飞机终于渐渐地离开了地面。

科努的飞机虽然只飞离地面0.3米,飞行时间也仅有20秒,但是,人类第一架直升机真正诞生了。

 # 飞船的发明

1910年3月28日,阳光灿烂,风平浪静,海边站满了看热闹的大人和孩子,甚至连马赛市的一些官员都赶来了,围在海堤上,目不转睛地盯着停泊在大海上的一艘特殊的"船"。

"真奇怪呀,瞧,船身下面还有长长的浮筒呢!"

"这哪是什么船哟,分明是拖着浮筒的飞机。"

围观的人群中有人小声地议论着。

驾驶这条船的是个名叫费勃的人。他向观众们自信地笑了笑,然后启动了发动机,随着一阵轰鸣声,船就像离弦的箭一样向前冲去,水面上顿时划出了一道耀眼的水波,像空中一闪而过的闪电。

"啊,成功啦!"

"飞起来啦,飞起来啦!"

人们狂呼着,岸上响起了欢庆的掌声!

费勃驾驶的船终于成为能够飞上天的船！他的船以 60 千米/小时的速度直线飞行，在空中飞行了 500 米左右，成为人类第一艘能够飞上天的船，或者说是第一架能够从水面上起飞的飞机！

那么，费勃是怎样设计制造出这样奇妙的船的呢？

费勃出生在地中海边的法国马赛市，爸爸是一位造船师。有一天，小费勃跟着爸爸来到海边游玩，看到远处的大海上驶来了一条船，便好奇地问："爸爸，船为什么能在水里跑呀？"

"船下有螺旋桨，能够划动水，水动了，就把船推走啦。"爸爸乐呵呵地说。

"有没有在天上飞的船呢？"小费勃好像要打破沙锅问到底。

"傻孩子，那就不叫船啦，应该叫飞机才对。不过，飞机只能在天上飞，不能在水上跑。"

"嘿！长大了，我一定要造一艘能飞到天上的船。"小费勃握紧了拳头。

"好啊，有出息，现在好好学习，将来才能实现这个美好的愿望！"爸爸欣慰地拍了拍小费勃的肩头。

长大成人以后，费勃先后完成了工程学、流体力学、空气动力学等学科的学习，真正开始了飞船的制造。经过 4 年的奋斗，他造出了第一艘水上"飞船"，其实就是在一般的飞机下安装 3 个浮筒，使飞机能浮起来，但是无法飞起来。直到 1909 年，他才造出一艘与众不同的"船"：机身前面是 1 个浮筒，机翼下面还有 2 个浮筒，机翼安装在机身的后面。整个"船"的构架是木头做成的，浮筒是胶合板制成的，整个"船"既轻巧又灵便。

费勃的"飞船"试飞成功后的第二年，在摩纳哥举行的船舶展览会上，他驾驶着自己制造的船进行水上飞行表演，再获成功。现在，科学家对费勃设计的水上飞船进行了改进，把机身改成了船形，取消了浮筒，成为真正的"飞船"。

邮筒的发明

1 7 世纪 50 年代,法国的邮政法令规定,寄信人要寄信,必须到圣杰克大街专门收寄信件的地方直接交寄。这样,市民为寄一封信要跑很远的路,极不方便,大家怨声载道,纷纷向邮政当局提意见。

邮政部长费凯对市民的意见很理解,也深表同情,答应在最短的时间内解决这个问题。可是说起来容易做起来难呀,这种寄信方式已经沿革几百年了,而且是由一只鞋子"变"出来的。

500 多年前,葡萄牙的航海家阿奥·戴·诺瓦在去印度的航程中发现了一只挂在大树上的鞋。他好奇地停下船,取下鞋子,发现鞋里有一个纸团,展开来一看,才知道 1 年前,伟大的航海家迪亚士(曾发现了非洲的好望角)率船队经过这里时遭遇了海难,一位幸存的水手怕再遇不测,灵机一动,写下这封信塞进鞋里挂在树上。

后来,诺瓦怀着沉痛的心情在这里修建了一座教堂,并把这只鞋子还挂在树上,以纪念这次海难。多年以后,这里渐渐形成了一个小村落,村里的人常常把要寄到外地的信放到鞋里,让经过这里的船把信带走,船员们也经常把写好的信放到鞋里,由路过的船带回家。

这样,鞋便成了收集信件的原始"邮筒"。

"自古以来就是这样的,我还能有什么办法可想呢?"有一天,邮政部长费凯愁眉苦脸地回到家,把市民提意见的事及自己的承诺告诉了夫人。

夫人听了,沉思起来。

几天以后,夫人向丈夫提出了一个新的设想:"古代是一只鞋子,现在是一个木箱,无非都是为了给人带来方便,是不是?"

"是啊!"费凯部长点了点头。

"我们能不能在城里选择几个人流较多的地方,多挂几个木箱子,请市民把要寄出的信都投放到这些木箱子里,邮政部门再定期派人把信收集回来。这样,市民就不用全跑到我们的圣杰克大街来专门寄信了,自然也不会多跑路了。"

"好办法,好办法。"部长激动地说,"现在就实施。"

于是,一只只虽然简陋却很神气的木箱子,仿佛一夜之间就挂满了城区的各主要交叉路口。市民们高兴了,邮筒也推广开了。

部长夫人为了解决丈夫工作上的燃眉之急,急中生智产生的灵感,竟然成了一项对整个社会都十分有益的发明。

信封的发明

在 100 多年前,一个家住在大海边,名叫布鲁尔的英国人,在离海边不远的地方开了一家书店,专门经营文化用品。

有一年夏天,他发现来海边度假的女士们都喜欢来书店购买笔墨纸张写信,而且都有一个难言的苦衷:就是害怕信的内容被别人发现。

因为当时寄信,只是把信写好后用绳捆扎起来,再盖上印章就行了。其实,即便是这样,也难免泄露秘密。

布鲁尔看透了她们的心思,也为她们着急。

"怎样才能帮助她们保守秘密呢?"他透过小店的窗外,望着那一望无际的大海,在苦苦地思索着。

"要是用一个纸袋子把写好的信装在里面封起来,不就保险了吗?"他在心里想。

接着,布鲁尔经过一番苦心的研究后,根据当时出售的信纸的尺寸,设计出一个纸袋子,然后,把信装在里面,将信封的口封好。这样,信中的秘密就无人知晓了。

于是,世界上第一个信封就这样诞生了。布鲁尔把自己发明的信封卖给写信的女士们,果然很受欢迎。

10多年后,世界上第一台用来糊信封的机器,在伦敦诞生了。那种信封,可以把内容写在信封的里面,好像一张纸一样。到目前为止,还有许多国家用这种信封。

今天的信封,也是根据布鲁尔的信封演变而来的。

邮票的发明

这是在100多年前,发生在英国的一个村庄里的故事。

有一天,一辆邮递马车来到小村庄,刚停下来,马上就被村民围得水泄不通。他们都盼望马车能带来远方亲人的消息。

邮递员取出邮件,每叫一个取信人,就收一个人的钱。这时,人群中有一个年轻漂亮的姑娘,当她听到邮递员叫自己的名字时,高兴得眉飞色舞。只见她接过信后,并没有急着拿走,而是匆忙地看上两眼,然后吻了一下,就立即把信退了回去:"先生,对不起,我没有那么多钱付邮费。"说完,情不自禁地流下了伤心的泪水。大家都非常同情她。人群中有一位名叫希尔的人,立即从口袋里掏出钱包,慷慨地为她付了邮资。

"先生,请收回你的钱吧,信对于我来说已经没有用啦!"姑娘对希尔感谢地说。

一连几次,姑娘都是这样,希尔觉得非常奇怪。原来,信是姑娘的未婚夫从伦敦写来的。由于没钱,这对恋人在分别之前有个约定:如果信封的右下角画的是"O",就表明找到了工作;如果画的是"X",就表明还在找工作。所以,姑娘一看信封就知道了内容。

真相大白后,希尔对这对恋人的做法十分不满。他想:要是让寄信人先付了邮资,然后再在信上做个记号,那就不会有类似的情况发生了。经过一番深思熟虑,他就动手设计了几张小样——像钱一样的小票——邮票,并把自己的想法报告了英国政府。1840 年 5 月 6 日,希尔的建议被英国政府采纳,英国开始正式发行邮票。希尔的发明对人类通信事业的发展,起到了巨大的推动作用。

电报机的发明

1832 年 10 月的一天,美国职业画家莫尔斯乘"萨利"号邮轮从法国返回美国。

在这漫长而单调的海上旅行中,旅客们常常坐在一起借闲聊来打发时光。闲聊中,莫尔斯结识了一个名叫杰克逊的年轻人。

杰克逊是波士顿城的一位医生,也是一位电学博士,是到巴黎参加电学研讨会的,为了和大家一起消磨时光,杰克逊从包里取出一个新鲜"玩意儿",表演给大家看。他把几枚铁钉放在桌子上,然后,取出一块绕了绝缘铜丝的马蹄形铁块。当他把铜丝通上电时,那铁块仿佛有一股魔力,立即把铁钉吸了过去,一断电,吸引力马上消失了,铁钉随即掉了下来,再通电,铁钉又被吸住了。

"真是太奇妙了!"莫尔斯大开眼界。

"这叫电磁感应现象。"杰克逊告诉他,并向他介绍了许多电的传递知识。

一连几个晚上,莫尔斯都失眠了,他完全被杰克逊的"表演"迷住了。

"要是能用电流来传递信息，那该多好啊！"莫尔斯突然产生了一个惊人的想法。

从此，莫尔斯"弃画从电"，决心实现这个梦想。

回到美国后，莫尔斯开始深入研究电信号传递问题，并把全部精力都投入进去。

经过十几年如一日、坚持不懈的努力奋斗，莫尔斯的梦想终于变成了现实。

1844 年 5 月 24 日，莫尔斯的心情异常激动。因为他将在世人面前展现他的实验成果。当华盛顿市到巴尔的摩市之间的电报线完工后，莫尔斯在美国国会大厦最高法院的议会大厅里，向各界来宾演示他发明的电报机。他将在这里，进行电报发收试验，把电文传到 40 英里以外的巴尔的摩市。

年过半百的莫尔斯，在预先约定的时间，用自己发明的电码（现称摩斯密码）发出了人类有史以来的第一份有线长途电报。

电报上只有一句话："上帝创造了何等奇迹。"这是从《圣经》中选出来的，这句话也是对莫尔斯的最高赞赏。美国纽约市政府还在中央公园为他树立了雕像。

电报机的发明，为人类电信事业的发展揭开了新的一页。

镜式电报机的发明

很久以前，英国学者威廉·汤姆生在铺设一条大西洋的海底电缆时，遇到了一个难题：电缆终端的电信号太弱，现有的电报机很难接收到。

汤姆生十分苦恼,他想:只有放大信号,才能解决大西洋海底电缆使用这个关键问题。他整天苦思冥想,可是,好几个月过去了,仍然一筹莫展。

那是1857年春天的一个早晨,阳光明媚,几个好朋友看着汤姆生愁眉苦脸的样子,约他到外面散散心,轻松一下。汤姆生二话没说,就跟朋友们一起出去了。

他们来到了大海边,看着一望无际的大海,汤姆生思绪万千。他多么想让海风吹去他心头多日的疲劳啊!

他们登上游艇,迎着海风,向大海深处开去。

也不知过了多长时间,大家忽然发现,汤姆生不见了。大家惊慌失措,找了半天,才发现,他正在船舱里聚精会神地画着设计图。

他又在思考他的海底电缆呢。朋友们也被他这种执著的精神深深地打动了。

"怎样才能让他走出困境,更好地休息呢?"大家你看看我,我望望你,也没有想出什么办法来。

这时,他们中有一个调皮的朋友,突然从口袋里取出一面小镜子,对着太阳,把阳光反射到汤姆生的脸上,只见灿烂的阳光在汤姆生的脸上不停地跳动着,照得他眼花缭乱,左右躲闪。

当阳光又一次照射到汤姆生的眼睛时,只见他猛地一下跳了起来,大叫一声:"我找到啦!"

接着,他一把夺过那面圆圆的小镜子,将那个调皮的朋友紧紧地拥在怀里,大家被他的举动惊呆了,心想:"他是不是神经出毛病啦?"

原来,汤姆生从镜子的反光中得到了启示。

他想:对着阳光的镜子,只要在手里稍微移动一点,哪怕只是一个很小的角度,远处的光点也会大幅度地跳动。这不就是一种放大吗?

此时,汤姆生的心早已飞到了他的实验室,他们立即将游艇开了回去。

根据这个放大原理,汤姆生不久就发明出了一种镜式电流电报机,这种高灵敏度的电报机,终于扫除了铺设海底电缆中最大的技术障碍。

这是人类通信史上一座新的里程碑。

明信片的发明

1865 年的一天早晨,德国一位画家到邮局去寄信,由于他的信太大了,邮局没有那么大的信封,他感到非常为难。

其实,他寄的不是一般的信,而是一份特殊的礼物——一张画。他想给远在他乡的亲人一份惊喜。为了这张画,他一连想了几天,想来想去,才作出这个决定。可是,画画好后,他觉得还有话要说,于是就在画面上写下了几句祝福的话语。

"你就把收信人、寄信人的姓名、地址写在画的背面,试试看,也许能收到。即便收不到,也能退回来。"邮递员看他那为难的样子,和蔼地对他说。

画家非常感激,就按他说的那样,把联系方式写在背面。没想到,这幅画真的到了他亲人的手中。

后来,这件事传到奥地利的一个工程师的耳朵里。他想:"要是能设计出一种简单而又方便的邮寄形式多好啊!"

他想了又想,终于想出了好办法:在一张硬纸的一面印上风景,另一面印上供写收信人和寄信人姓名、地址的格式,并印有支付邮资的凭证。

就这样,明信片就诞生了。

奥地利邮局在明信片推向市场仅仅 3 个月的时间内,就发行了几百万张。

数年后，明信片传到中国，同样受到人们的欢迎，特别是深受广大学生的厚爱。明信片成了学生邮寄的主要方式，并一直流传至今。

 **传真机的发明**

公元 1842 年，英国的贝思提出一个设想，即通过电路传送图像、文字等。贝思也做了各种实验，可由于各种条件的限制，他的实验并没有取得成果，他的设想也成了空想。

此后的 40 年里，传真通信技术并没有得到什么重大发展。直到 1883 年，在大学就读的保尔·尼泼科夫受一种游戏的启发，才在这方面取得突破性的进展。

尼泼科夫格外喜欢通讯技术。在学好学校课程的前提下，他几乎把所有时间都花在阅读有关的电学知识上。他崇拜莫尔斯、贝尔等发明家。在他看来，电报、电话简直太神奇了。他想：电报能传送人的意图，电话可传送人的声音，可不可以发明一种传送图像的装置呢？

一天，课余时间，尼泼科夫在教室里尝试设计一种传真装置。忽然，他看见左右邻桌的两位同学正在做一种游戏：他们桌上各放着一张大小相同的纸，纸上画满大小相同的小方格，在尼泼科夫右侧的同学在纸上写了一个字，然后按照一定的顺序告诉对方哪一个小格是黑的，哪一个小格是白的，对方按照右侧同学发出的指令，或用笔将小方格涂黑，或让它空着。这样，待对方同学将全部小方格都按指令处理后，纸上便出现了与右侧同学写的相同的字。

尼泼科夫看着看着，不禁喊道："真是一个好办法！"

"任何图像都是由许许多多的黑点子组成的。如果把要传送的图像分解成许多细小的点子，借助一定的科学方式把这些点子变成电信号,并传送出来,那么接收的地方只要把电信号再转化为点子,并把点子留在纸上,不就实现了图像的传真了吗?"

尼泼科夫决定实施这一方案。

首先,必须将图像分解成许多的点子。尼泼科夫想起儿时玩耍过的风车。受此启发,他研制出了一个扫描装置:在图像前紧挨着放置一个可转动的螺旋穿孔圆盘,在圆盘前面安装有一个电灯。这样,当光穿过不断运动的孔时,受图像明暗的影响,光有时候亮,有时候暗。

接着,要把变化的光信号变成变化的电信号。这个"任务"由光电管承担是再合适不过的了。因为光电管能根据光的亮度产生相应的电流。

发送装置就这样大功告成了。接收装置只要像电报机电码的原理一样,采用与发送相反的方式就行了。

经过一段时间的制作,尼泼科夫做成了圆盘式传输装置。他申请到了专利。

当然,受当时电子科学技术发展水平的限制,这台加圆盘式传输装置的传真效果还不理想,但它为后来的研究指明了方向。

此后,美国的格雷、英国的考珀也在传真装置的研制上取得卓越的成绩。

在汲取许多科学家研制经验的基础上,美国无线电公司于1925年研制出了世界上第一部实用的传真机。

这部传真机由发送机和接收机组成。发送机上安装有一个滚筒,滚筒的前方有一个强光源的灯,灯的前面有一个透镜。此外,在发送机上还有光电管等电子部件。接收机上也安装着滚筒,以及放大电信号、还原光信号的装置等。使用时,将发送的图像卷在滚筒上,灯发出的光被透镜聚集成一点,照射在图像上。受图像上画面明暗的影响,反射出强弱不同的光。这种光再射到光电管上,形成强弱不同的电流,然后将电流传送出去。接收机收到电信号后,经过放大、还原、记录等处理,就形成了文字图像的信息。

赵州桥的建造

当我们到河北赵县旅游时,看到那座气魄雄伟的赵州桥经历了1400多年的风雨,仍巍然屹立在滔滔不绝的河水之上,就会情不自禁地想起它的设计者李春。

我国的古代,赵州是南北交通要道,但是城南的一条大河严重影响了人们的出行,特别是春夏季节,大雨滂沱,波涛汹涌,人们只能望河兴叹。

当地的官府多次想在这儿修座桥,并曾组织一些工匠在这里修建,可是,没有一个能完成的,因为河面太宽,每年只能趁秋冬的干旱季节施工。可是,等桥墩修好了,春天的一场大水就把桥墩冲得无影无踪了。这让官老爷们很头疼。这时,有人推荐当时著名的工匠李春来完成这个工程。

面对这个棘手的工程,李春没有退缩,没有畏惧。他想:这才是考验自己的时候呢!

李春来到赵州的第二天,就到现场进行考察和调研,走访当地的老百姓,了解汛情和水流特点,收集了建桥的第一手资料。同时,他广泛听取当地的建桥工匠的建议,分析他们在建桥上的心得——成功的经验与失败的教训。

"河这么宽,河水又这么急,在这上面建桥不是容易的事啊!"有一天,李春把当地的一些能工巧匠找到了一起,笑着说,"各位能不能为李某想想办法呢?"

"想办法? 有什么办法可想?"

"有办法还用请你吗?"

"怎么? 你也被难倒啦?"

大家在七嘴八舌地议论。时间在一分一秒地消逝。李春清了清嗓子，大声说："依我看，在这儿建桥必须建没有桥墩的桥。"

"对。建没有桥墩的桥。"

"是啊，我们怎么就没想到！"

一石激起千层浪，工匠们齐声附和着。

李春说出了自己通过调研得来的想法，因为这儿水太急，河又太宽，最好是建一座没有桥墩的拱形石桥，把两头架在岸上。

可是，也有人好心地向李春提出建议："桥那么重，不建桥墩，能承受得住吗？要是受不住，造好的桥也会塌掉的。"

李春听了，又陷入了沉思。

"能不能承受得住，最好的办法是试一试，这样才能知道呀！"有一天，李春忽然想到请几个人扛来几块大石头，把它们一块块地垒在河边，看看到底塌不塌。

几天以后，巨石垒在一起的河岸一点儿也没有塌陷的迹象。事实证明李春的办法是可靠的。

"太好了。这河岸的土质结实耐压，完全可以承受桥身的重量。想想看，附近的房子也是不打地基的呀！"李春的话让在座的工匠恍然大悟。随后，李春设计了桥的施工图纸，并亲自指挥建设，终于建成了赵州桥。

赵州桥跨度有 37.02 米，是当时世界上跨度最大的单孔石拱桥。

电话机的发明

美国发明家贝尔在一次实验中偶然发现，当电路接通或切断时，螺旋线圈就会发出轻微的沙沙声。于是，他就产生了一个想法："既然空气能使薄膜振动发出声音,那么如果用电使薄膜振动,能不能使人的声音通过电流传送出去呢?"

为了研究这个问题,贝尔请来18岁的电学技师沃森一起合作设计。他们在一端的仪器前喊话,声音通过金属振动板振动,使线圈产生电流,电流沿着电线传送到另一端仪器上的线圈中,线圈产生磁力吸引振动板,振动板振动空气,从而发出声音。

又经过两年的时间,他制造出了一台样机。

1876年6月,贝尔他们架好电线,样机的一端在贝尔的实验室,电线穿过好几个房间,将另一端接到沃森的面前。贝尔在整理机器的时候,不小心把硫酸溅到了腿上,急得叫了起来:"沃森,快来呀,我需要你。"

沃森从电线另一端的样机里听到了呼叫。他欣喜地跑到贝尔的房间,互相拥抱,他们成功了!

留声机的发明

有一天,爱迪生在实验室里修理一台电话机,因为他听力不好,就用一根短针来检验传话膜片的振动情况。意想不到的是,当他手里的短针刚接触到膜片后,发生了一个奇怪的现象:随着说话声音的强弱,短针也发生了有规律的颤动。

"咦,这是怎么回事呀?"这一偶发现象被爱迪生抓住不放,"如果反过来,先让短针颤动,不就可以复原出声音来吗?"他经过几天几夜的思索和实验,得出了这样一个结论:"用一块带针的膜片,针尖对准急速旋转的蜡纸,声音的振动就非常清楚地划在蜡纸上了。实验证明,只要把人的声音储存起来,什么时候需要就什么时候放出来,是完全可以做到的。"

爱迪生和助手经过几年的努力,终于在 1877 年发明了留声机。现代的录音机可以说是留声机的后代。

热气球的发明

法国的蒙哥费尔兄弟约瑟夫和爱丁尼发明的热气球,实现了人类飞行之梦。这个飞行之梦的实现,也是由一件日常小事引起的。

有一天,约瑟夫的妻子给他烘烤一件衬衣,他的妻子自言自语地说:"你看,这放在火炉上面烘烤的衬衣,怎么向上一鼓一鼓的呢?"

这句话立刻引起了坐在旁边的约瑟夫的注意。

"是啊,这衬衣为什么被热气蒸腾得不断向上飘升呢?"

这种现象,引起了他浓厚的兴趣。他认为,燃烧产生了一种热的气体,具有一种他称之为"轻浮"的性质。其实不然,是由于空气受热时膨胀,体积增大,比没有受热的空气轻,因而就向上飘浮。

不过,他的这种想法,并不影响对热气球的试制。

1782 年的一天,他做了一个丝织的气囊,在底部开一个颈状的口子,然后,在颈口下面烧火,过一会儿,气囊里充满了热空气,就慢慢地升到了房顶上,成功地进行了第一次试验。

后来,便一发而不可收,他又如法炮制了两次。他用衬衣的布制作了一个很大的热气球,在公共场合,公开进行飞行表演,引起了轰动。

接着,他又用热气球载着一些小动物,安全地飞行了 3000 多米。

1783 年 11 月 6 日,蒙哥费尔兄弟制造了载人热气球。德罗西尔兄弟乘坐这个热气球首次飞离地面。从此,热气球广泛应用于探险、旅游、军事、气象等方面。

激发灵感的发明故事

 # 自行车的发明

你知道自行车是谁发明的吗？他既不是科学家，也不是工程师，而是德国的一个守林人，名叫德莱士。

1813年，德莱士在一片林区当守林员。长年累月在茫茫林区奔走，风餐露宿，非常辛苦。

有一天，他在森林里走累了，就坐在一根被伐倒的圆木上休息，嘴里哼着歌，两眼望着天空，唱着，唱着，身子情不自禁地前后晃动起来。就这样，唱着，晃动着，晃动着，唱着，屁股下的那根圆木便随着他身子的晃动而来回地滚动。

此刻，一个奇怪的念头在他的脑海里盘旋着：要是利用滚动的原理，制造一辆车子，那该多好啊！

晚上，德莱士躺在床上久久不能入睡，那滚动着的木头，还在他的脑海里不停地转动着。

于是，他翻身下床，找来一些木头，动手研制起这种滚动式车子。

没几天，他就制造了一辆车子：一个木架，木架中间有一个坐椅，坐椅前安上一个把手，木架的下面有两个一前一后的轮子。

他非常高兴，坐着这个带轮子的木架车子在大路上奔跑着。

只见他手扶着把手，两脚一左一右不停地蹬地，像划船一样。这样，脚不停地蹬动，车轮子跟着飞快地滚动起来。下坡时，更是省劲，脚不用蹬地，车子照样往前跑。

这种车子速度非常快，能和十八九岁的年轻人赛跑呢。

德莱士将这种车子命名为"奔跑机"，这就是世界上第一辆自行车。

地铁的修建

19世纪中叶,英国伦敦的交通要道常常发生堵塞现象,极大地影响了人们的工作和生活。当时,有一位名叫查理的法官,每天不知要处理多少因车辆拥挤而引起的纠纷,他非常苦恼。

"唉,怎样才能改善这种状况呢?"他唉声叹气地说。

查理也曾经向伦敦政府部门反映过这种情况,政府部门对此也忧心忡忡,但又无可奈何。这个问题一时间成为市民关心的热点,也是政府要解决的难点。

查理法官是一个做事很执著,也很善于思考的人。他想:要想改变城市交通状况,首先要提高人的流动速度。

"那么,怎样才能解决这个问题呢?"他对此一筹莫展。

是啊,马车不仅拉人少,而且速度又非常慢,必然会导致交通堵塞。

"要是能用火车来拉人该多好啊,拉的人又多,速度又快,这样,道路就畅通无阻了。"他忽然产生了这样的念头。

可他转而又想:城市里车水马龙,火车怎么跑呢? 好不容易想出的一个办法,又被否定了。

但他不气馁,又陷入了深深的思索中。

一天,他把办公室里的文件整理一下,顺便打扫打扫卫生。当他把墙角边存放已久的箱子搬开时,发现有个老鼠洞,这个洞一直通到墙外。他立即产生了浓厚的兴趣。

他想:聪明的老鼠白天不敢在地上活动,就在地下活动。

想着,想着,他的眼前像闪电一样亮了一下:"火车不能在地上行驶,为什么不能在地下行驶呢?"他为这一想法兴奋得眉飞色舞。

1843年,查理便向伦敦政府提出修建地下铁道的建议。由于种种原因,直到1860年,政府才组织人力进行修建。在修建过程中,遇到了种种麻烦。首先是遭到市民们的极力反对,他们认为这种地下铁道不安全,会危及房屋,等等。其次是,施工时遇到的难度也特别大。比如说,地下渗水时,要把水排除,碰到大石头时,要把它炸掉,等等。

尽管如此,在政府部门和工人们的积极配合下,战胜了重重困难,终于在1863年1月10日建成了世界上第一条浅层次的地下铁道,并投入运营。一时间,受到广大居民的热烈欢迎。

可是,好景不长。由于这条地铁是由蒸汽机车牵引的,车厢内又是用煤气照明的,蒸汽机排出的水蒸气、燃料燃烧产生的烟雾、煤气灯泄漏的煤气全部聚集在隧道里,因此隧道里整天烟雾弥漫,气味难闻。人们宁愿坐马车,也不愿乘地铁。

这种现象引起了政府官员的关注。为了排放烟雾,在隧道的顶部开了一个小孔。但是,一波未平,一波又起。隧道里的空气变好了,可是,地面上的马常常受到冒出来的烟雾的惊吓,造成交通事故。

后来,经过不断改进,1896年在匈牙利的首都布达佩斯,世界上第一辆电动地铁列车诞生了。这种列车,既没有污染,速度又快,深受人们的欢迎。

从此,地铁便在世界各大城市陆续出现。

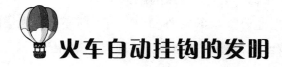

火车自动挂钩的发明

火车车厢之间是用自动挂钩连接在一起的,你知道这自动挂钩是谁发明的吗?他就是美国一个铁路工人哈姆尔特·詹内。

一天，下班后的詹内拖着疲惫的身子走在回家的路上，一边走一边思考着："用什么样的办法能让火车的车厢连接得既简便又牢固呢？"

是啊，当时的火车车厢之间都是用铁链子拴着的，接头非常不牢固，一遇上爬坡或曲线运动时，铁链子没有弹性，容易拉断，车厢很容易脱节，十分危险。况且安装要消耗大量的人力，花费的时间也很长。

"解决这个问题刻不容缓。"詹内走着走着，一抬头，看见一群孩子正在做游戏。

这群孩子排着两列长长的队伍，面对着面，脚尖顶着脚尖，胳膊伸直，彼此的两只手像钩子一样弯曲着，紧紧地钩在一起，脸向后仰，身子向后弯曲着，看谁弯得厉害，而且坚持的时间又长。

"真是既奇妙又有趣。"他在心里小声地说，并默默地站在一边，静静地观看着。

"火车车厢之间，为什么不能用像两只手一样的挂钩，钩起来呢？这样既简单又方便。"突然，一个创造的火花在他的脑海中闪现。

这时候，他情不自禁地把自己的两只手钩在一起。

最后，詹内高兴得大叫一声："太好啦！我找到办法啦！"说着转身就往家跑，全然忘记了一天的疲劳。

这一声叫喊，把正在做游戏的孩子们吓了一大跳，还以为他疯了呢。

詹内一口气跑到家里，赶忙找来木头，制作了两只手的模型，并且使模型手指也弯曲着。可是几次试验都没有成功，但是他并没有气馁。他经过坚持不懈的努力和多次改进，终于制出了火车自动挂钩。

这种挂钩就像两只铁手，安装在每节车厢两端，两只铁手一碰上，便紧紧地握在一起。

火车的每节车厢就是靠这一只只大手互相拉扯着，在两条铁轨上风驰电掣般地奔跑。

孩子的游戏激发了詹内的灵感，从而把铁路工人从繁重的体力劳动中解放出来。

激发灵感的发明故事

活字印刷术的发明

毕昇,北宋中期一个普通的平民知识分子,当时有人称之为"布衣"。在毕昇生活的那个年代,盛行雕版印刷,就是在较坚硬的整块木板上雕刻出反体、凸起的文字,经刷墨、铺纸、加压后得到正写文字复制品的方法。

宋朝的雕版印刷达到全盛时期,已经出现了铜版雕印和彩色套印,对文化的传播起了重要作用,但雕版印刷也存在明显的缺点:一是刻版费时、费工、费料;二是存放不便;三是发现错字不容易更正。

毕昇的家附近就有一个书坊。它常常看到书坊里雕满了字的整块整块的木板堆积成山,书印完后没处存放,只好拿去当柴烧。他觉得很可惜,问书坊里的工人,他们对此也表示无能为力。

毕昇心中渐渐萌发了改进雕版印刷的念头。他常常到书坊向工人学习雕版印刷技术,总结历代雕版印刷的丰富实践经验,还找来历代一些有关印刷方面的资料,不断学习、探索,并反复进行比较。

一天,毕昇正在刻一部书稿。他边刻边想,有很多字在文章中都是经常要用到的,可是每次都要刻,太麻烦了,要是刻一次能反复使用就好了,常用汉字也就那么几千个,对了,如果刻出来的字可以拆开,自由组合,不就解决问题了吗?

想到这里毕昇很兴奋,但字怎样才能拆开?拆开后又怎样才能合起来印刷呢?把字分别刻在每一块小木板上或许能行。毕昇立即动手找来工具,把整块的杉木弄成一块块半寸见方的小木块。

他又找出 3000 来个常用字,试着在小木板上刻了起来。他把每个单字都刻了好几个,有些常用单字像"之"、"也"等,每个单字都刻了20来个,花了将近1个月的时间,他终于把这些字刻完了。

怎样才能把需要的字挑出来呢?为了解决拣字难的问题,毕昇考虑了很久,最后他将这些字按音归成十几类。一个韵部一个类,同一类的放在一个盘子里,每一类都按部首笔画排出顺序。

这天,毕昇提着装满木活字的柳条筐走进字雕刻工场,他笑着请大家帮助他试验一下木活字。雕刻工人们热情地帮助他摆开了字盘,调匀了印墨,捧来了纸张,一个工人递给毕昇一部书稿。

毕昇先把松脂、蜡和纸灰敷在铁板上,再放上铁框,然后依次排进活字,放在火上烤,待松脂稍稍熔化后用平板压一下,满满一框木字就整整齐齐地粘在一起了。他说这框字用完后,再用火把松脂烤化,活字即可取下来,下次还可再用。

毕昇把印墨均匀地涂在木字上,再把纸铺在上面,用刷子轻轻一刷,揭了下来,一张字迹清晰的印刷品呈现在大家面前。他又继续印了几张,可印到后来纸上的字有的渐渐变大,有的笔画越来越模糊。

在场的一个老工人发现活字是用杉木刻的,就告诉毕昇,杉木木纹粗,质地软,容易吸水和变形,印刷时受墨多了就要膨胀。加上每个活字的木纹不一样,有的胀得快,有的胀得慢,所以笔画也就有粗有细了。

毕昇回到家里冥思苦想,想要找一种既不吸水,又能雕刻成字的材料。一天,他发现妻子用瓦罐烧水,猛然想到,如果先用泥坯刻好字,再进窑烧,不就可以制成像瓦罐那样不吸水的泥活字了吗?

几天后,毕昇来到一个烧砖瓦的窑场。在窑工指点下,他用胶泥做了十几个半寸见方的小土坯,刻上字送进大窑烧,可是,烧出来的活字上有的有小孔,有的有裂缝。窑工告诉他,大窑烧出来的东西很粗糙,并指点他去找一个卖泥玩具的老汉。

毕昇终于在一个小村落里找到了老汉,说明了自己的来意。老汉见他很诚恳,就把自己捏泥人的经验毫无保留地告诉了他,还带他看

激发灵感的发明故事

了屋后一座专门烧制泥玩具的小窑。毕昇认真地听着,看着,还不时向老汉提些问题。

回家后他在院子里搭起一座小窑,又将摔打了无数次的胶泥分制成许多半寸见方的"小土坯",刻成 5000 多个字块,然后点火烧窑,日夜守候。两天后,一套不吸水、笔画清晰、坚如牛角的泥活字终于制成了。

他把活字版拼好,试着印了 300 多张,每一张都一样清晰,大家不禁拍手叫好,活字印刷终于试验成功了。在实际应用中,通常是两块铁板交替使用,一块板在印刷,另一块板排字,第一块板刚印完,第二块板已经做好,这样,速度又加快了。

毕昇发明活字印刷术是在 1041 ~ 1048 年(宋仁宗庆历年间)。它与雕版印刷相比,具有成本低、速度快、质量好的特点,这是我国印刷史上的一次革命,被誉为我国古代四大发明之一,比欧洲的金属活字印刷术整整早了 400 余年。

汽车的发明

据记载,早在公元 1600 年时,荷兰一位叫西蒙·斯蒂佛的人,把木轮装到一只小帆船上,凭借风力驱动这种"船车"行进。1649 年,德国钟表匠汉斯·赫丘根据达·芬奇在 15 世纪留下的设计图,试制成一辆依靠发条驱动的四轮车,结果还是以不适用而告吹。严格地讲,这些都不能算汽车的"影子",但它们对后来的汽车研制都有启迪作用。

世界上第一辆机动车问世是在 1769 年。这辆车的发明者是法国路易十四时的炮兵大尉约慧夫·丘尼约。他将小型蒸汽机装在一辆木制的三轮车上,用它来牵引大炮。虽然没有拖动大炮,但可以载 4

个人,行驶 4 千米/小时。1784 ～ 1791 年间,俄国发明家古利宾,对丘尼约制造的汽车进行了改进,给汽车增设防金属飞轮、齿轮、变速箱和滚动轴承等,使车速大增。

1806 年,荷兰物理学家海金斯等人,在研究瓦特蒸汽机和中国火炮的特点之后,提出了利用爆炸原理推动活塞产生动能的设想。于是勃郎于 1826 年在英国首先制造成功了世界上第一辆真正的内燃引擎汽车。随着工业的发展和科学技术的突飞猛进,汽车的马力不断增加,已成为当今人类社会重要的交通和运输工具。

造纸术的发明

我国是世界上最早发明造纸术的国家。远古的时候,人们是把文字刻在甲骨上,或写在竹片、绢帛上,很不方便。在西汉时,我国就开始用丝絮制成纸写字,这是造纸术的开端。但是,这种纸造价昂贵。

到了东汉时期,有个名叫蔡伦的宦官,决心找到一种更好的造纸方法。

有一天,蔡伦观察妇女"漂絮"的过程,发现这样一种现象:好的蚕丝被拿走以后,剩下的破乱蚕丝会形成薄薄的一层,将它晒干后可以用来写字。

蔡伦深受启发,他想:"能不能用这种方法来造纸呢?"他决心试一试。

于是,他跑到造纸的作坊里,向造丝絮纸的工匠们了解造纸的基本过程,心想:"一定要造出一种既经济又实用的纸来。"

他找来一些树皮、麻皮、破布等常见的材料,将它们捣碎,做成纸浆。然后使用"漂絮"的方法,用席子捞纸浆。捞出的纸浆便在席子上

激发灵感的发明故事

形成薄薄的一层,放在太阳光下晒干后,就成为我们日常生活中用的纸。

蔡伦发明了造纸术,对人类文明的发展产生了巨大影响。

电梯的发明

在 19世纪初,世界各地的建筑物最高一般不会超过五层楼。随着建筑材料和城市规模的发展,建筑物越来越高。现代城市中,三四十层的高楼已司空见惯。在这么高的建筑物里,要是靠徒步爬楼,将是一件非常累人的事,幸好有人发明了电梯,使人们轻轻松松上高层建筑。

现代电梯是从动力升降机发展而来的。据史料记载,早在公元1世纪,世界上就出现了原始的升降机。这种升降机是用绳子拉着吊篮往上升的,用来上下垂直地运送货物与人员。升降时,需要16个人拉动绳子。由于升降机在现实生活中的作用不大,所以发展也比较缓慢。早期的升降机都是用人力、畜力或水力作为动力系统的,安全也存在问题。

1852年,美国发明家奥蒂斯在前人发明的升降机的基础上进行了重大改进。他改进的升降机用蒸汽机做动力,把缆绳的一端系在升降台上,另一端绕在蒸汽机的圆柱形的滚筒上。滚筒可以左转,也可以右转,带动升降台上升或者下降。为了加强安全性,奥蒂斯在升降机上下运行的路线上设计了两根带齿槽的轨道,在升降台上安装了两只金属爪与弹簧。升降台在升降过程中,万一缆绳被拉断,这时与缆绳相连的弹簧立即会将两只金属爪弹出,使升降台卡扣在两根带齿槽的轨道上固定不动,不会给乘升降机的人员与货物带来危险。

这是升降机的一次重大技术改进。1853 年,奥蒂斯打算将经他改进的安全性能提高许多的升降机推广出去。刚好,这时纽约正在举行以展示发明成果为主要内容的水晶宫博览会,在博览会上,奥蒂斯亲自向公众演示他的发明。

　　在水晶宫博览会现场,奥蒂斯搭建了一个几层楼高的升降台。他站在升降机上,向前来参观的人发表演说:"女士们,先生们,我发明的升降机非常安全。将人与货物带到半空中的升降机看起来非常危险,但我的升降机拥有一流的安全装置,能保证乘坐人员的绝对安全。现在,我演示给大家看!"说着,他启动升降机的动力系统,升降机徐徐上升,当升到半空中时,他在升降台上突然割断了拉动升降机的绳子。眼看升降台就要坠落下来,人群中发出一片惊叫声。就在这千钧一发的瞬间,安全装置发挥了作用,升降机稳稳地停留在半空,被固定住了。

　　奥蒂斯发明的升降机被人们接受了。1857 年,纽约的德马累斯特大厦成功地安装了世界上第一台由奥蒂斯发明的商用升降机,但这种升降机还是用蒸汽机做动力的。当电动机发明后,1880 年,德国的西门子公司发明了用电做动力的升降机——电梯。

　　我们今天使用的电梯,集中了众多发明家的发明智慧,特别是电子信号技术发明以后,电梯在运行中能自动逐层显示所到达的楼层,使电梯更加快捷、安全、舒适和方便。

蒸汽机的发明

　　詹姆士·瓦特,英国著名发明家、工程师。1736 年 1 月 19 日生于苏格兰的一个小镇格里诺克。

随着智育的发展，瓦特对客观存在的一些事物都产生了浓厚的兴趣，好奇和钻研之心。这为他以后发明蒸汽机打下了良好的基础。

在瓦特的故乡——格里诺克的小镇上，家家户户都是生火烧水做饭。对这种司空见惯的事，有谁留过心呢？瓦特就留了心。

有一次，瓦特在厨房里看祖母做饭。灶上烧着一壶开水，开水在沸腾，壶盖"啪啪啪"地作响，不停地往上跳动。瓦特观察好半天，感到很奇怪，猜不透这是什么缘故，就问祖母说："什么玩意使壶盖跳动呢？"

祖母回答说："水开了，就这样。"

瓦特没有满足，又追问："为什么水开了壶盖就跳动？是什么东西推动它吗？"

可能是祖母太忙了，没有工夫回答他，便不耐烦地说："不知道。小孩子刨根问底地问这些有什么意思呢。"

瓦特在他祖母那里不但没有找到答案，反而受到了冤枉的批评，心里很不舒服，可他并不灰心，心里一直想着跳动的壶盖。

连续几天，每当做饭时，瓦特就蹲在火炉旁边细心地观察着。起初，壶盖很安稳，隔了一会儿，水要开了，发出"哗哗"的响声。蓦地，壶里的水蒸气冒出来，推动壶盖跳动着。蒸汽不住地往上冒，壶盖也不停地跳动着，好像里边藏着个魔术师，在变戏法似的。瓦特高兴极了，几乎叫出声来，他把壶盖揭开盖上，盖上又揭开，反复验证。他还把杯子、调羹遮在水蒸气喷出的地方。瓦特终于弄清楚了，是水蒸气推动壶盖跳动，这水蒸气的力量还真不小呢。

就在瓦特兴高采烈，欢喜若狂的时候，祖母又开腔了："你这孩子，不知好歹，水壶有什么好玩的，快给我走开！"

祖母的话，险些挫伤了瓦特的自尊心和探求科学知识的积极性。她根本不理解瓦特的心，不知水蒸气对瓦特有多么大的启示！水蒸气推动壶盖跳动的物理现象，不正是瓦特发明蒸汽机的认识源泉吗？

1769 年，瓦特把蒸汽机改成为发动力较大的单动式发动机。后来又经过多次研究，于 1782 年，完成了新的蒸汽机的试制工作。新的蒸汽机上安装了联动装置，并把单式改为旋转运动，完善的蒸汽机发明成功了。

瓦特完成了对蒸汽机的整套发明过程。经过他的一系列重大的发明和改进，使蒸汽机的效率提高到原来纽科门机的 3 倍多，而且配套齐全，性能优良，切合实用。瓦特由此博得了第一部现代蒸汽机——高效率瓦特蒸汽机的发明者称号。很快，瓦特蒸汽机在纺织、采矿、冶炼和交通运输等方面得到了广泛应用，极大地推动了英国和欧洲的第一次工业革命，使世界进入了所谓的"蒸汽机时代"。瓦特对蒸汽机的发明、改进及蒸汽机的广泛应用，直接推动了热力学理论的研究和发展。

由于蒸汽机的发明，加之英国当时煤铁工业发达，所以英国就成为世界上最早利用蒸汽推动铁制"海轮"的国家。19 世纪，开始海上运输改革，一些国家进入了所谓的"汽船时代"。从此，船只就行驶在茫茫无际的海洋上了。接着，煤矿、工厂、火车也全应用了蒸汽机。体力劳动随之解放了，经济跟着发展了。这不能不说是蒸汽机发明的成果，当然也是蒸汽机的发明家瓦特的功劳。因此，瓦特在世界上享有盛名。

激发灵感的发明故事

天文、军事篇

天文望远镜的发明

1608年的一天,荷兰的眼镜匠李普希正在给顾客磨镜片,他的儿子手里拿着两块镜片在一旁比画着看。突然,儿子发现对面教堂尖顶上的风向标变得又大又清楚,他高兴地将此事告诉了爸爸。

李普希按照儿子说的那样,将一块凸透镜和一块凹透镜一前一后组合起来,果然将远处的景致看得清清楚楚。他根据这个发现制作了一架望远镜,但只是把它当成玩具而已。

后来,意大利科学家伽利略看到了这种玩具,他玩了一会儿,忽然想:"如果把这东西改造一下,是不是可以观察天上的星星呢?"伽利略马上动手,他把凸透镜和凹透镜分别装在一根长长的铅管的两端,还把一粗一细的两根空管套在一起,用来调节两片透镜的距离,以便于适合观察远近不同的距离,并适应观察者不同的视力。

后来,他继续改进,终于在1609年制成了天文望远镜,震惊了整个欧洲,他也成为利用望远镜观测天体的第一人。

脉冲星的发现

1967年夏天,为了观察太阳系行星星际空间的闪烁现象,英国剑桥大学在他们的天文台上建起了一架新型的射电望远镜。

这项艰苦而又繁重的观察任务,是由一个年轻姑娘来承担的,她的名字叫乔斯林·贝尔。

乔斯林不分昼夜地进行观察和分析,并且还要在第一时间内,迅速地把资料整理出来。

一天上午,正当乔斯林全神贯注地整理一个月以来的记录时,纸带上一段不同寻常的记录引起了她的注意,她顿生疑问:

"奇怪,这既不像行星闪烁的现象,也不像地球上人为的干扰,是怎么回事呢?"

乔斯林是个非常细心的人,这种不太明显的现象,一般人是不会在意的,但是却引起了乔斯林的高度重视。乔斯林又请教了她的老师,在老师的指导下,为了搞个水落石出,乔斯林等呀等呀,一直等了半个月,终于等到了一个清晰的脉冲图像,这种来自狐狸星座的图像,周期特别短,稍纵即逝,只有一秒钟多一点时间。

"这难道是外星人从遥远的星球上,向地球发射来的联络信号?"乔斯林突发奇想。

从那时开始,乔斯林更关注这一现象,经过几年来的观察,结果表明,那并非什么外星人发来的信号,而是一个新的天体。

"那么,这到底是一个什么天体呢?"乔斯林百思不解。

就在她愁眉不展的时候,一位科学家曾经说过的话,突然回响在她的耳边:"宇宙间可能存在着一种由中子组成的恒星,它的直径特别小。"

乔斯林一下子茅塞顿开。

"莫非这就是几十年前科学家所说的恒星?"贝尔欣喜若狂。

在乔斯林的艰苦努力下,几经周折,终于找到了一个新的天体,乔斯林把它命名为脉冲星。

乔斯林这一发现,成为 20 世纪 60 年代天文学四大发现之一。她和她的老师因此获得了诺贝尔物理学奖。

宇宙无线电波的发现

1931 年秋天的一个上午,美国贝尔电话实验室里,无线电工程师卡尔·央斯基的接收机里,突然传出一种奇怪的"咝咝"声,这引起了他的注意。

这种噪音不同于一般噪音,显得很平稳,一直保持着那种"咝咝"的声音,而一般噪音的干扰是不稳定的。

"这里一定隐藏着什么。"他一边想着,一边在心里说。

其实,这微弱的声音并没有对无线电通信产生多大影响,一般人是很容易忽略的,但年轻的央斯基却紧抓不放。

原来,央斯基通过观察,发现这种信号每隔 23 小时 56 分 4 秒,就会出现最大值。

"这微弱的声音,难道与太阳有关?"他兴趣盎然,继续监听,"奇怪,这个来路不明的"客人",每次总是提前 4 分钟不请自来。看来,它不是来自太阳。那么,它又是从哪里来的呢?"

央斯基绞尽脑汁,苦苦地思索着。

一天,他去一位朋友家里做客,当谈到他心中的难题时,这位研究天文学的朋友告诉他说:

"恒星时的周期比太阳时的周期每天要短 4 分钟。"

朋友的话就像闪电一样,使央斯基的心猛然一亮。

他想:"这个奇怪的信号,一定和某颗恒星有关。这个无线电波一定是来自太阳系以外的一个地方。"

后来,央斯基经过 1 年多的艰苦努力,终于搞清了"客人"的身份。这个微弱的无线电波来自遥远的宇宙,是人马座方向的一个射电源。

激发灵感的发明故事

宇宙射电源的发现，标志着射电天文学的诞生，人类从此打开了一个探索宇宙奥秘的窗口。

于是，卡尔·央斯基成为世界上第一个捕捉宇宙无线电波的人，他的名字也深深地烙在了人们的心中。

谁证明地球是圆的

坚信"地圆说"的哥伦布是意大利航海家。1492 年，哥伦布率水手百余人从西班牙出发横渡大西洋抵达巴哈马群岛，第二年返回西班牙。发现了新大陆的哥伦布，并没有实现环球航行的梦想，也没有在他有生之年证实地球是圆的。哥伦布去世后，不断有人去寻找从美洲通向太平洋的水道，以便到达"香料之国"——印度。麦哲伦就是那个时代的航海家，他被认为是第一个环球航行的人。

麦哲伦是葡萄牙人，出身于骑士家庭，从小就进了王宫当王后的侍童。在宫内，他最喜欢听那些航海探险队在海上活动的故事，懂得了一些航海知识，也听到过一些探险队的秘密报告，因此，对航海产生了浓厚的兴趣。

1505 年，麦哲伦成了葡萄牙远征军的一名士兵，在海上和陆上战斗中骁勇无比，表现出骑士风范。因有不俗的表现，他很快被提升为船长。

1511 年，麦哲伦再次随军远征马六甲。这一次，远征军终于打败了阿拉伯人，控制了通向东方的咽喉通道。

1513 年，麦哲伦又参加了对摩洛哥的远征。他在战争中负了伤，成了跛子，不能在军队工作了，一怒之下他离开了军营。经过一段时间的思考，他决定要实现哥伦布没有实现的理想——环球航行。

同一年，巴尔波亚发现"南海"（即太平洋）的消息传到了麦哲伦的耳朵里,他再也坐不住了。他想,只要找到大西洋通往南海的水道,就可以从西路到达"香料之国"。他相信海洋是连在一起的。

那时的麦哲伦已经33岁了。他当过水手、士兵、船长,参加过海战、陆战,曾多次航行至好望角,对地理知识、海洋知识十分熟悉。所有这些经历,为他创造个人伟业打下了基础。可是,麦哲伦没有钱,他找过国王,但无济于事。于是,他去了西班牙。西班牙国王答应了麦哲伦的条件,并授予他一定的特权,支持他从西路航行到马鲁古群岛去。

1519年9月,由270名水手(来自9个国家),共5艘船组成的麦哲伦船队,从瓜达尔基维尔河的圣卢卡尔起航。麦哲伦的船队渡过大西洋,来到巴西海岸,接着南下寻找通往"南海"的水道。1520年3月底,他们到达南纬49度地区,找到了一个平静的小海湾过冬。

1520年10月,南半球的春天来了,麦哲伦命令船队往南驶去。他们发现了一条海峡,海峡越走越宽,里面的水流越来越急,而且有涨潮落潮的规律。11月28日,麦哲伦的"维多利亚"号驶往西南方向的支流,驶出550千米,突然,茫茫无边的"南海"出现在眼前。麦哲伦异常兴奋,他一条腿跪在甲板上,这位钢铁汉子竟流出了眼泪!后来,这个海峡被命名为麦哲伦海峡。

1521年4月27日,麦哲伦死于战乱。虽然离完成环球航行只有一步之遥,但麦哲伦的行动足以证明:地球是圆的。

 # "大陆漂移说"的提出

20世纪初,一个夏天的早晨,德国的气象学家魏格纳因牙痛去了医院,坐在医院的候诊室等待着医生。

一抬头,魏格纳发现对面的墙上悬挂着一张世界地图,出于职业习惯,他便站起身来走过去观看。地图上一个有趣的现象吸引了他:大西洋两岸的轮廓竟是如此的相互对应,巴西东端的突出部分与非洲的几内亚湾就像从一张纸上剪开来一样,十分吻合。再仔细看下去,巴西海岸的每一个突出部分,都可以在非洲西岸找到相应的海湾……

魏格纳就像哥伦布发现新大陆似的,兴奋得竟然忘记了自己的牙痛,立即掉转头往家跑,下决心要把这个问题搞清楚。回家以后,魏格纳把一块块陆地都进行了比较分析,又对海岸线的形状进行了观察,结果发现,地球上所有的陆地都能连在一起。这时,魏格纳的脑海里掠过一个惊人的想法:在古生代石炭纪以前,各大陆曾经是连在一起的完整大陆。数百万年前,这个大陆开始四散漂移,形成了今天这样的海陆格局。所以,它们之间的海岸线才会有惊人的吻合。

魏格纳为了证明这一观点,收集了地质学和古生物学等多方面的资料,并横跨格陵兰岛进行探险。在多方查证,掌握了大量的证据之后,他提出了"大陆漂移说"。这一学说动摇了传统地质学的理论基础,由此演化成板块构造的理论。可是,他的见解并没有得到当时人们的认同。直到20世纪60年代,这一理论才被科学家们的许多科技成果所证实,并得到重视。

不受暴风雨影响的观测船

美国加利福尼亚大学的史克林福斯海洋研究所,要开发研制在暴风雨中不受影响的观测船。科学家们为此建造了各种实验模型,但都收效甚微。

一天,为了放松一下紧张的大脑,一位参与研究的科学家干脆到附近的湖泊去钓鱼。他把细长的浮标抛向水中,浮标垂直地静立在水面上。湖光山色之间，凉爽的清风拂面，使这位科学家疲惫的大脑清醒了起来。

突然，从远处传来了汽艇的马达声，汽艇激起的水波向岸边冲来。当他的目光落到浮标上时，发现浮标周围的湖水虽然在晃动，但浮标仍然保持原来的姿势。

"哇！就是这个！观测船就做成这浮标的形状！"科学家灵机一动，"船体垂直竖立在水中，把船体的重心降在水面下较深的地方，让船的浮力中心在重心上方有一定距离，这样船体就会很稳定。"

他按照这个思路，终于设计出了一艘名为"FLIP"的气象观测船，它在暴风雨中果然不受影响。

无线电通信

意大利发明家古列尔莫·马可尼从小就立下的远大理想："即使远在天涯海角，不用电线也照样能互通信息，这个愿望一定能成为现实。"他一直在为实现这个目标而不停地努力。

一个夏天的午夜，马可尼躺在床上，两眼望着天花板，翻来覆去睡不着觉。白天做过的试验，不时在脑海里闪现。

在他家花园的两个墙角各竖起一根天线：天线是用一根吊着的金属板做成的，其中一根还连着一个感应线圈作为发报机，就是这么个简简单单的装置，能接收到百米以外的无线电信号。

"为什么不能收到更远的地方的信号呢？"马可尼心想，他索性爬了起来，从窗户向外看去，只见一片银色的月光透过槐树，投下一片斑斑驳驳的影子。

"电波和月光同样是波，为什么月光能从高高的天空中洒射下来，难道电波信号就不能传得更远一些吗?"他突发奇想。

"将天线弄得再高一些,也许就能增加电波的传播距离。"他忽然心中一亮。

于是,马可尼便动手做了起来。随着天线的升高,通信距离也很快增加了。马可尼激动得热泪盈眶。

是啊,为了做实验,他不知熬过了多少个不眠之夜。为了进一步加大电磁波的发射能力,他写信给邮电部部长,请求给予支持。但结果令他大失所望,对方竟然说马可尼是个大骗子。

马可尼伤心不已,只好离开意大利,带着无线电发报机来到了对科学技术极为重视的英国。英国政府批准了他的发明专利,并为他提供了良好的实验条件。

不久,如鱼得水的马可尼又架设了一根 50 米高的天线,使无线电波成功地跨越了宽达 450 千米的英吉利海峡。马可尼的成功受到许多人的赞赏,但是,他对此还不满足。

"把信号送过大西洋,是我唯一的希望!"马可尼的想法,一时间成了一些人茶余饭后的笑料。人们说他异想天开,是神经病。这些流言飞语,对于马可尼来说,就像耳边风一样,他依然坚持自己的理想。

1901 年底,马可尼来到了大西洋彼岸的加拿大,同留在英国的助手做横跨大西洋的试验。准备工作做好后,英国助手发出了事先商定好的一组无线电信号,那信号终于越过大西洋。马可尼情不自禁地跳了起来,大声地向空中喊着:"我——成——功——啦!"

这一消息很快轰动了全球。马可尼在英国获得世界上第一个无线电方面的专利。1909 年,35 岁的马可尼获得了诺贝尔物理学奖,他的光辉业绩被载入了史册。

1912 年,从正在沉没的"泰坦尼克"号上发出的遇险信号,使用的就是马可尼的"无线电报"。

无线电波,使人类的通信事业发生了翻天覆地的变化。

无线电天线的发明

$1$9 世纪 80 年代,俄罗斯有个青年叫波波夫,他是个"电"迷,立志要推广电灯,希望电灯能够照亮整个俄罗斯。可是,这一年,赫兹发现电磁波的消息传遍了全世界,这使他改变了自己的志向。

"假如我用毕生的心血去安装电灯,对于广阔的俄罗斯来说,只不过是照亮了很小的一角,要是我能控制电磁波,那就能飞越全世界啦!"波波夫在给朋友的信中,充满豪情地抒发了自己的宏伟理想。

此后,这位并不年轻的俄罗斯人,开始专心致志地向自己的既定目标迈进。

1894 年,波波夫在汲取法国的布兰利、美国的李奇等同行的经验基础上,研究制造出了一台无线电接收机。当然,这台接收机的灵敏度和接收效果比李奇等人设计的接收机要好得多。

这天,波波夫在调试接收机,检测电波的距离时,突然发现电波信号比往常增大了许多:

"咦,这是怎么回事?"波波夫一边在心里嘀咕,一边认真地检查起来。

一会儿,波波夫就找到了原因:原来是一根导线搭错了地方,搭在了金属检波器上。波波夫把那根导线拿开,可是,意外的事发生了,正在"叮叮"作响的电铃不响了。咦,这又是怎么一回事呢?波波夫感到非常纳闷:莫非这根导线还能发挥什么特殊作用?

当波波夫把实验距离缩小到原来那么近的距离时,电铃又响了起来:"没错,这电铃一定与导线有关。"波波夫喜出望外,连忙把导线接到金属检波器上。经过反复试验,波波夫发现把导线接到检波器上的时候,电磁波的信号更强,传得更远。这样,波波夫就把这根导线安在了他的这台接收机上。

从此,世界上有了第一根无线电天线。

不久,波波夫用电报机代替电铃,作为接收的终端。由此,世界上第一台无线电发报机诞生了。当然,无线电天线在接收信号中发挥了不可低估的出色作用。

随后,意大利科学家马可尼进行了新的无线电通信实验,对无线电天线进行了一系列改进:起先,他在发报和接收两地竖起了一根很高的杆子,上面架设了用金属圆筒制成的天线;再后来,又用双面覆盖着锡箔的风筝代替天线;直到1901年12月12日,马可尼用大风筝把天线架到了121米的高空,使横跨海洋的收发报距离成功地达到了3200千米,终于把人类的通信事业推向了一个新高峰。

链条抽油机的发明

我国胜利油田钻井研究院的总工程师顾心怿,在工作期间有一个推陈出新的发明——链条抽油机。

1966年,油田根据生产的发展,提出了新型长冲程抽油机的研制需要。顾心怿马上投入到制订方案的工作中。但是,他按常规做出的最初方案还是被无情地否定了。

这天中午,顾心怿躺在床上辗转反侧,思绪的闸门被关闭了。

怎么办呢?头脑里一片混乱的顾心怿,一骨碌下了床。

他匆匆地来到办公室,把几个有经验的同志找来,在一起座谈、讨论。他想听取大家的意见和建议,试图从中发现点儿什么。

大家你一言、我一语,畅所欲言,各抒己见,提出许多想法和看法,

"这……这与防触电有什么关系?"一位小同学一时还没有醒悟过来。

"哎,是这样的。"徐琛慢慢地说,"不懂事的小孩子在看到插座感到好奇时,一般总是用一件铁器或一个手指伸进插座孔里,这样只能打开一道活门,就不会有触电的危险。想想看,是不是这样?"

围观的同学和老师恍然大悟。后来,老师和同学们又对徐琛的插座稍作改进,"四用防触电插座"终于大功告成。

1985 年 3 月 26 日,在日本举行的第三届世界青少年发明创造展览会上,徐琛的"四用防触电插座"荣获展览会最佳作品奖,这是建国以来我国青少年第一次在国际上获得创造发明金牌。

汉字激光照排机的发明

印刷术是我国古代的四大发明之一,可是进入 20 世纪 30 年代,西方国家的印刷术飞速发展,不断吸收电子、光学等领域的新成果,把中国的印刷术远远地抛在了后边。

然而,80 年代初,我国成功地研制出了汉字激光照排机,使中国人再次在计算机时代感受到骄傲。它的发明者就是王选。

王选出生在一个知识分子家庭,17 岁那年以优异的成绩进入了北京大学。

王选虽然学习的是数学,但是对电子计算机特别感兴趣,毕业后又留校当了一名无线电老师。从此,他与电子计算机结下了不解之缘。在教学实践和科研中,他发现一般人要想快速使用电子计算机,就必须先解决汉字输入这一关。

不已……他对汉字输……研究。王选除了完成教学任务以外，几乎所有的时间都用在……把汉字……的特点，然后……电影……把成千上万的……输入到……为什么有的是立体电影，有的又不是……把汉字输到计算机中，不是那么容易的。想想看，英语只有26个字母，而汉字有5万多……也有3000多……这样的规模能存储……小的计算机……的效果。懂吗？要是没有人解决这个难题，我们的汉字就永远与计算机无缘了。"王选……地说。由本刚想了想说，"要是有一种眼镜，在看普通画面时能……学英语不就得了。"朋友继续劝着。"世界上还没有这样的眼镜，要等你去发明呢。"妈妈开起了一句玩笑："那……那不会英语的中国人就不会计算机，不会计算机的中国人就跟不上……本刚……："妈，说不定我真能发明出来呢！越是这样，我越要研究。"这时候，国家关于汉字照排系统的"748工程"……那你也试试看这种照排……成功，我国将迅速进入信息时代……国外的照排机……代，他参阅到的……照排机……眼镜上要跨越外国人走了三……走了五百年的路……本刚在一个旧书摊上发现了一本叫《眼屈光异常与配镜原理》……大部分专家都……自语："真是'踏破铁鞋无觅处'……不相信，我就自己……继续研究立体眼镜……他……汉字的信息压缩技术……存储技术……成功……用……照排……领域的汉字激光照排系统市场的消息。

"……眼镜……中国人要想超过外国人的汉字照排技术……中国……研制……本刚……这样发现……能够在79年完成27……试制……电子计算机"指挥"的汉字激光照排

机问世。英国那家公司知道这个消息后,惊得目瞪口呆!

电子计算机控制的汉字激光照排机,使中华文明从此告别了"铅与火"的时代,进入了"光与电"的时代。

裂纹青瓷的诞生

在外国人的眼里,陶瓷就是中国的标志。英语中,"中国"和"陶瓷"就是同一个单词。

指南针的发明

其实,了解陶瓷的人都知道,"陶"和"瓷"不仅是两个不同的概念,也是两种不同的……不吸水的、半透明的,敲击时还能发出金属的声响。

"呀,没有碎!"哥哥小心翼翼地拿起一块瓷胎看了看,惊喜极了,

激发灵感的发明故事

181

"没关系，没关系，仅仅是釉质裂了而已。"哥哥心里稍稍有了些安慰，因为烧制不慎也会造成釉质裂，只不过那样的裂纹少一点儿，没有这个严重，但不管怎么说，还是能卖一些钱的，不至于全报废吧。

"要是哪位商人对这种裂纹⋯⋯还能卖个好价钱呢。"哥哥想，"试试看，不能就这么让一窑的青瓷完蛋。"

出乎哥哥的预料，这窑青瓷格外好卖，有人说那裂纹是精心烧制的，而且这青瓷比一般的更结实。

喜出望外的哥哥从弟弟那儿问清了事情的原委，开始专门烧制这种裂纹青瓷。

从此，浙江的裂纹青瓷名扬天下。

火药的发明

火药是我国古代四大发明之一，它是怎样发明的呢？这里还有一段有趣的故事呢。

那是发生在西汉时期的事情，当时的皇帝汉武帝一心想长生不老，常常将文武大臣召集在一起，为他出谋划策。

这一天，他又招来所有的大臣，商讨这件事情。其中一个名叫李少君的大臣提议说："陛下，听说有一种仙丹，人吃了以后，就能长命百岁。"

"是吗？太好了！"汉武帝听了这个消息，如获至宝，别提多高兴啦，"从明天开始，全国的方士都行动起来，开始炼制仙丹。"汉武帝立即颁布命令。

于是，炼丹术便盛行开来。

肥皂的发明

炼丹的主要原料是硫黄、硝石和木炭，里面还含有毒性很强的水银，因此，在炼丹时，一定要时刻注意，否则就会发生爆炸，方士被炸伤的事时有发生。天一亮就起床，一直忙到天黑，累得头昏眼花，眼皮直跳。有一天夜里，一个在炼丹炉旁的方士困得厉害，不知不觉睡着了。他做了一个又一个噩梦，当他从梦中惊醒的时候，发现烟火四射、火焰冲天，可是，便狂呼乱叫起来，不得浑身发抖，不知所措。他怕被人发现来救啦，发生火药事故啦！的炭灰一把一把地捧起来，扔到外边。然后"火药"这个词，便是由此而来的忽然发现手上竟然出现了一些白糊糊的东西些军事家听说了爆炸的事情，产生了浓厚兴趣，并对火药进行了深入研究。他们模仿方士的做法，严格控制硝石、硫黄和木炭的比例，制成了世界上最早的黑色火药，在军事、开山、采矿等方面有了广泛应用快来看看呀，我发现好东西啦！"他高兴地喊了起来，"给你们用宠物——"电子鸡"问世了。听到电子鸡那"咯咯"的叫声,孩子们乐得手舞足蹈,500万只"电子鸡"很快销售一空。从此,各种各样的电子宠物相继"出笼",成为小朋友们爱不释手的"掌上明珠"!

降落伞的发明

1638年,意大利一个名叫拉文的人,因犯罪被关进监狱,成了一名囚犯。

电池的发明

拉文在监狱里,忍受不了那种艰苦的生活,一直想越狱逃走。可是,总找不到合适的机会。每当他看到那高达20米的围墙时,只有望而兴叹。

"一般人看来,'青蛙实验'只不过有点儿奇怪罢了。可是伏特受到它的启发……"

激发灵感的发明故事

为了成功跳跃高墙，他又怕伞不结实，便把床单撕破拧成了一根根绳子，一头系在伞骨的边缘，一头挂在手握的伞把上。

"好啦。"拉文做好准备工作后，长长地舒了口气。

机会终于来了。这是一个风雨交加、伸手不见五指的夜晚，拉文躲开看守的视线，拿着准备好的伞，找到那个做了记号的地方，迅速地爬上又高又陡的围墙，看看四周无人，便撑开伞，握紧带着古儿根布绳的伞把，纵身跳了下去。

风呼呼地刮着，雨哗哗地下着，拉文藁伞吊着，飘飘荡荡地着了地，竟然没受一点儿伤。

"谢天谢地。"他兴奋不已，长长地松了一口气，准备离开这里。

"站住！"一个看守跑来，大喝一声。

原来，拉文刚跑不远，就有人举报，看守随后跟来，又把拉文抓了回去。

一时间，拉文用雨伞吊着跳墙逃跑的消息，在社会上传开了。这件事给了人们一个启发，发明了降落伞，主要由伞衣、引导伞、伞绳背带系统、开伞部件和伞包等部分组成，可以用来载人或者载物。

玻璃的发明

有一天，一艘腓尼基人的商船在航行时遇到了大风暴，只好驶进一个港湾避风，等风平浪静之后，再继续航行。

中午时分，腓尼基人准备上岸举行野餐。可是，四周连一块架锅地的石头都没有，他们感到很沮丧。

"船上不是有苏打块吗？搬几块下来支锅好了。"一个年轻的船员想出了主意。于是，大家七手八脚地从船上搬来了几块大的苏打块，将锅架好后，便找来一些柴火烧起来。

第二天，腓尼基人要启程了，当他们收拾餐具准备上船时，一个船员忽然大叫起来：这是什么东西呀？快来看看呀！

船员们赶紧围了上来，只见锅下的炉炭中有一种闪闪发光的东西，晶莹剔透。

"不像是金属。"

"也不是石块。"

人们从没见过这种东西，大家七嘴八舌，你一言、我一语地猜测着。他们哪里想到，这沙地上支着锅做饭时，支着锅的苏打块在高温下和石英砂发生了化学反应，变成了玻璃。

鱼雷的发明

英国的工程师罗伯特·怀特海德从剑鱼的身上受到启发……

……希望他能发明一种推式小艇……怀特海德欣然接受了任务，开始按照奥匈帝国海军部的思路进行研制。……头部为尖圆形，里面装有炸药，中部呈圆柱形，装有发动机，尾部有……就能盯住目标快速游去，速度达到200米/分钟……怀特海德……成功制造出……鱼雷……这算什么新武器！游得太慢……立体眼镜的研制成功，这算补……个空白。

"是啊，没什么大能耐，充其量是儿童玩具的新产品。"

吹毛求疵的专家们议论着，附和着。怀特海德听后，也感到很沮丧。

电子宠物的发明

一晃几年过去了……的深秋。一天，以"英且巴哈"号为首的土耳其舰队在黑海游荡，寻找机会准备给俄国黑海舰队……宠物威震全球，像他们……电视猫、电子鼠……他们调整炮击……准备与俄国军舰决一死战的时候……青灰色的……的军舰快速游来。

……宠物……"英且……玩具市场……得意地掏出……"鸡和……地自……来鸡"。

……这些……宠物……小……武器……舰队……镜……颤抖起来……竟然卖到了两千多万日元。所以……舰队……没有……时间来……宠物号。同时，小动物不讲究卫生，随地大小便，房间里一旦养上了小动物……的……怀特海德……

激发灵感的发明故事

机关枪的发明

"我们也爱玩具，可是，现在有什么好玩的?"一个小男孩直爽得很，大声说。

"是啊，我们喜欢小动物，然而到哪儿去买呢?"一个小女孩也附和着，"不是我们不爱小动物，是没有卖的。"

"动物园里有嘛。"另一个孩子天真地说。

19世纪下半叶，美国的一些贵族把玩枪当做一种时尚，经常举行射击比赛，以显示自己的身份高贵。

有一次，电气机械发明家马克沁也带上步枪参加了比赛，但玩枪毕竟是个"外行"，不仅成绩不理想，没有拿上什么名次，肩膀还被震得青一块紫一块，疼痛难忍。

那么，这种枪玩起来不是挺难受，该想想办法改进改进了。

马克沁一个想到就要做到的人，从此，他对武器产生了浓厚的兴趣，并开始翻阅相关的资料，琢磨起机关枪的制造来。

经过一段时间的努力，马克沁设计制造了一种自动化连发步枪，并且不用购买饲料，美国专利局的老爷们看毕回票来两游玩。

经称的机械发明吧，对枪一窍不通的只搞枪械发明，不是异想天开吗? 嗯，不错。让孩子们玩玩电子宠物，也有助于培养孩子们的动手能力。

闹……一系列……出现了单管枪的自动……连续射击"的叫声，孩子们乐得手舞足蹈，500个……设计制造的性能更加完善的新此……各种枪间世……物相继"出笼"，成为小朋友们爱不释手的"掌上明珠"！

接着，马克沁决定对自己的步枪再进行改进，希望设计出一种射击速度更快、震动更小的自动步枪。于是，一种能把帆布弹带上的子弹推上膛的装置设计完成了，一个帆布弹带能装 250 发子弹。可是，问题也很快暴露出来：快……一阵以后，枪膛里的温度特别高，连枪管都烤红了，不把温度降下来的话，这种机关枪还是没有市场。

勇于挑战自我的马克沁又开始了新一轮的研制。他把一些零件重新加工、组装，失败了就再试验，攻克了一个又一个难关，终于发明了世界上第一支机关枪，体重 40 磅，每分钟连射 600 发子弹。

为了让更多的人接受他的"新产品"，他带着机关枪到各地表演，终于使许多武器专家对这种机关枪连续快速射击的性能有了一致的认可，也得到了一些国家的重视。至此，马克沁发明的机关枪在武器市场有了自己应有的位置。

电池的发明

1793 年，盖尔瓦尼教授做了一个奇怪的实验：他用一种金属触在一只青蛙的筋肉上，再用另一种金属触在青蛙的神经上，当这两种金属接在一起的时候，青蛙就立即死去。

这一年，意大利人伏特在英国任巴维亚大学的物理教授时，他也听到了这个有趣的实验。当时，对盖尔瓦尼教授的实验，许多人都认为，这种现象对医学研究可能有一定作用。但是，爱动脑子、学识广博的伏特教授认为这事不能这么简单地看待，可能与他研究的电学也有一些关系。

于是，他决定从"青蛙实验"中寻找电学的秘密。

在实验室里，伏特找来了一块锌板和一块铜板，并将一块与金箔静电计的内杆相连，再用另一块和外匣相连，然后将两块金属板重合，再立即取走和外匣相连的……

"好啦，如果与杆相连的是锌板，这时就会由静电计测知锌板带正电；如果是铜板，就……

防毒面具的发明

1915 年，德军与英法联军在比利时的伊普尔地区相持不下。4 月 22 日果然如此，黄色的烟雾从德国军队的上空向英法联军的前沿阵地弥漫……实验会发……烟雾笼罩……英法联军……物质直接接触……的变得呼吸困难，刺激……眼睛……了 180 吨氯气……伏特……电势差单位叫做"伏特"。

这次毒气战给英法联军造成了惨重的伤亡……法、俄等国……最优秀的化学专家……应战……对策……在调查中，

激发灵感的发明故事

137

俄国的化学家泽林斯基发现,虽然同是前线阵地,有的士兵死了,有的士兵却幸存下来,这又是为什么呢? 他决定逐一询问,摸清原因。

"当这种烟雾飘过来的时候,我闻到了一股刺鼻的气味,马上想到这是一种毒气,就立即用军大衣蒙住头往外跑,离开了那片烟雾。"一个士兵说。

"当时,我已经没有力气跑一步了,只觉得呼吸困难,好像一分钟也不能撑下去,只好趴在地上。正好那片泥土非常潮湿松软,我就把鼻子、嘴巴紧紧地贴上去,居然活了下来。"另一个士兵心有余悸地说。

泽林斯基在头脑里立即思索起来:为什么军大衣或潮泥土能使士兵们侥幸地活下来呢? 是不是这些物体有吸收毒气的作用呢? 泽林斯基又想到了炭,因为在130年前,就有人提出炭有吸收气体的能力,这种物质是多孔结构,空气可以从肉眼看不见的小孔里畅通无阻。

经过反复试验,泽林斯基研制成一种具有很好的防毒效果的"活性炭"。

这时候,他的一位同事发现,毒气战场上许多动物也相继中毒死亡,只有野猪却奇迹般地幸存下来。因为野猪特别喜欢用嘴巴拱地,一旦嗅到强烈的刺激气味,它就把嘴巴拱进地里,来躲避刺激,因此免受一难。

于是,泽林斯基和他的同事们决定把防毒面具制成野猪的"面孔":前面安有一个粗短的罐子,弯弯的,像野猪的嘴巴,罐子里装有活性炭。当毒气袭来的时候,就被活性炭吸收了。

防毒面具制好以后,被送到协约国最高指挥部,一些军事首脑看了,认为这像个儿童玩具,不会有什么大作用。最后,指挥部决定先小批量生产一些,让前线的士兵在实战中试一试。后来,一些士兵戴上防毒面具以后,在德军两次施放毒气中安然无恙,仍然坚守着阵地。就这样,防毒面具终于在毒气战中大显身手。

玻璃的发明

有一天,一艘腓尼基人的商船在航行时遇到了大风暴,只好驶进一个港湾避风,等风平浪静之后,再继续航行。

中午时分,腓尼基人准备上岸举行野餐。可是,四周连一块架锅的石头都没有,他们感到很沮丧。

船上不是有苏打块吗? 搬几块下来支锅好了。一个年轻的船员想出了主意。于是,大家七手八脚地从船上搬来了几块大的苏打块,将锅架好后,便找来一些柴火烧起来。

第二天,腓尼基人要启程了,当他们收拾餐具准备上船时,一个船员忽然大叫起来:"这是什么东西呀? 快来看看呀!"

船员们赶紧围了上来,只见锅下的炉灰中有一种闪闪发光的东西,晶莹剔透。

"不像是金属。"

"也不是石块。"

人们从没见过这种东西,大家七嘴八舌,你一言、我一语地猜测着。他们哪里想到,是沙滩上那些石英砂,烧火做饭时,支着锅的苏打块在高温下和石英砂发生了化学反应,变成了玻璃。

回去之后,有一个商人对玻璃产生了浓厚的兴趣,他觉得这很有商业价值,便动手制作起来。他先将石英砂和天然苏打搅拌在一起,将熔化后的玻璃液,做成各种容器、大小不一的珠子,然后,运到市场上销售。出乎意料的是,这种东西很受人们的喜爱,有的人还用黄金来进行交换呢!

从此,玻璃在世界上迅速发展应用起来。

曲本刚把自己的想法告诉了妈妈。

"孩子,想好了你就大胆地干吧。"妈妈充满希望地说,"不干,什么也不知道。"

于是,曲本刚找来了一副眼镜,把一根铜丝烧红,在眼镜片上扎了起来。当他扎出几个小孔的时候,拿起来往眼睛前一放:嘿,还真有些立体感觉呢

"我再多扎些小孔,再多扎些。"曲本刚万分激动地在心里说,"我的立体眼镜马上就要制成啦!"

曲本刚一口气在150毫米长的眼镜片上扎出了350个小孔,制成了与普通眼镜一样的立体眼镜,并让妈妈和爸爸用它来看电视。果然,电视屏幕上的形象成了立体的了,而且效果很好。立体眼镜的研制成功,填补了眼镜制造业上的一个空白。

雷达的发明

1940年9月15日,希特勒命令500架战斗机对英国伦敦进行突然袭击,准备给英国以毁灭性的打击,希望一举击溃英国。想不到的是,德国飞机刚刚飞抵英国领空,就遭受到英国空军的炮火拦截,185架飞机被击落,损失惨重。

为什么英军能早有准备,迎头痛击德军飞机呢?这多亏了英国空军的"千里眼"——雷达。

早在1935年,英国皇家无线电研究所所长沃特森就奉英国政府的命令,研制一种能够探测远距离飞机的装置。因为英国政府对德国希特勒侵吞欧洲大陆的野心已经了如指掌,不得不加强防御。沃特森深知肩上的重任,带领他的课题组日夜攻关,可是,进展并不像期望的那样大。

电子宠物的发明

有一天,沃特森在调试监测仪器时突然发现,在荧光屏上有一连串亮点

望,而且不用购买饲料,电子宠物不吃不喝,家长们也不会为卫生问题来干涉孩子们。同时,这种电子宠物也能唤起孩子们热爱大自然的那份感情。这肯定是一个创举,也一定能打开市场。"

"嗯,不错。让孩子们玩电子宠物,也有助于培养孩子们的动手能力。这是个好方法!"老板当即拍板。

原子弹的发明

这种能量用在军事上，一克铀所具有的杀伤力相当于20吨TNT炸药。

如果让德国的希特勒抢在前面研究出核武器，那将是全人类的灾难啊！费米想到这儿，决定告诉美国政府，设法抢先制造出原子弹，避免灾难的发生。他把这一想法秘密地告诉了美国的科学家西拉德，希望他能够想办法通知美国政府。西拉德也深知核裂变的厉害，一旦被野心家掌握在手里，后果不堪设想。

西拉德立即把这一重要情报告诉了大名鼎鼎的科学家爱因斯坦。对此，爱因斯坦也表示了极大的担忧，他提笔给当时的美国总统罗斯福写了一封信，指出了核裂变的巨大威力以及可能造成的严重后果。写完信，他松了一口气，又把信交给了总统的密友、金融家萨克斯，希望他能找到适合的时机向总统陈述其利弊。

萨克斯没有辜负他们的期望，向总统罗斯福反复劝说，可是没有一点儿效果。最后他忽然想到了一个故事，便笑着说："总统，我想讲一个历史故事，您大概不会不爱听吧。"接着，萨克斯娓娓而谈，巧妙地告诉罗斯福，法国拿破仑由于不重视富尔敦发明的蒸汽机军舰，使他丢失了横渡英吉利海峡征服英国的机会。假如他能够重视科技成果的话，也许历史会改写。

经过一番深思熟虑以后，罗斯福总统决定采纳费米、爱因斯坦等科学家的意见，下令成立代号为"S-11"的特别委员会，立即进行原子弹的研究制造。1942年8月，美国政府正式制定了研制原子弹的"曼哈顿计划"。费米等一大批科学家投入了紧张的工作，对原来小规模的铀裂变反应进行更进一步的研究。稍后，物理学家奥本海默在美国的一个大沙漠里秘密组建了一个庞大的原子弹试验基地。

1945年7月16日5时30分，美国的第一颗原子弹"胖子"爆炸了，蘑菇云升到了万米高空，爆炸点周围700米的沙漠表面被炙热的火焰熔成了一片玻璃体，闪光照亮了16千米以外的山脉。

立体眼镜的发明

不已:真想不到世界上还有这样神奇的电影!

回家以后,曲本刚把看到立体电影的事情向妈妈绘声绘色地讲述了一遍:"妈妈,那立体电影看了真过瘾,要是天天都有这电影看就好了。可是,我想不通,同样都是电影院放映的,有的是立体电影,有的又不是立体电影呢?"

"响尾蛇"导弹的发明

喜欢军事的小朋友都知道,在导弹家族,"响尾蛇"大名鼎鼎。只要空中有飞机在飞行,"响尾蛇"导弹就能捕捉到飞机散发的热量,而后紧盯不放,直到把它炸毁为止。毋庸置疑,"响尾蛇"导弹是飞机的"克星"。

那么,"响尾蛇"导弹是怎么发明出来的呢?

原来,生物学家在研究响尾蛇时已经发现,响尾蛇这种动物的眼睛虽然退化到了几乎看不清物体的程度,可是,它却饿不死。只要小动物在它的面前活动,它依然能准确迅速地捕捉到,即使像老鼠那样行动敏捷的动物也不例外。那么,它是怎样发现猎物的呢?专家们发现,响尾蛇的眼睛与鼻子之间有一个小颊窝,对周围的热特别敏感,只要有0.003℃的变化就能察觉出来,并能测定出热源的方位。

军事专家受生物专家研究成果的启发想到,任何物体有收发的温度,不管温度有多高,都会向外界散发出一种看不见的红外线,常常配合着温度的高低和红外线的强弱。利用响尾蛇捕捉物体及热来追踪猎物的原理,有的研究在导弹上装一种跟踪仪,这种导弹就能准确地向目标跟踪直到炸毁目标为止。

终于,军事武器专家研制出这种导弹,并取名为"响尾蛇"。这种导弹在现代化的空战中大显神威。

爆裂炸药的诞生

舍恩拜恩是德国的陶瓷和化学教授，是一个事业心非常强的人，他经常把在实验室没做完的实验带回家去做。

其实星期天对别人来说是休息，而对舍恩拜恩来说，却是一个非常难忘的时刻，也是两种不同物质的诱人相遇时刻。他便趁这休息好机会，做起了在实验室里没做完的实验，他想把失败回来之前把实验做完，不然的话，搞得满屋烧焦焦的那气味让人受不了……

有一次，舍恩拜恩不小心把盛有浓硫酸和浓硝酸的瓶子打碎了，液体淌了满桌子。他赶紧拿起一件挂在桌旁的棉布围裙乱抹起来。当擦到离酒精炉不远的地方时，只听到轰的一声，围裙像爆炸似的发出不……

这种现象使舍恩拜恩感到非常震惊，他想知道为什么会发生爆炸呢。于是，他又重复做了几次试验，终于发现，围裙中的天然纤维素可以和硝酸起化学反应，生成一种易燃易爆的化合物——硝酸纤维素。这是一种单个的爆炸物，也就是后来的炸药。

舍恩拜恩制造的这种炸药是既能爆炸又能燃烧的新型炸药……

"没关系，没关系，仅仅是釉质裂了而已。"哥哥心里稍稍有了些安慰，因为烧制不慎也会造成釉质裂，只不过那样的裂纹少一点儿，没有这个严重，但不管怎么说，还是能卖一些钱的，不至于全报废吧。

"要是哪位商人对……这种……还能卖个好价钱呢。"哥哥想，"试试看，不能就这么让一窑的青瓷完蛋。"

结果出乎哥哥的预料：这窑青瓷格外好卖，有人说那裂纹是精心烧制的，而且这青瓷比一般的更结实。

喜出望外的哥哥从弟弟那儿问清了事情的原委，开始专门烧制这种裂纹青瓷。

从此，浙江的裂纹青瓷名扬天下。

避雷针的发明

1752 年 7 月的一天，在美国的费城，一位名叫富兰克林的科学家，做了一个震动世界的实验。

富兰克林和他的儿子威廉带着风筝和莱顿瓶（一种可充放电的容器），奔向郊外田野里的一间草棚。

这可不是一只普通的风筝，它是用丝绸做成的，在它的顶端绑了一根尖细的金属丝，作为吸引闪电的"接收器"；金属丝连着放风筝用的绳，这样细绳被雨水打湿后，也就成了导线；细绳的另一端系上绸带，作为绝缘体，避免实验者触电；在绸带和绳子之间，挂有一把钥匙，作为电极。

肥皂的发明

富兰克林和他的儿子连忙乘着风势，将风筝放上了天。风筝，像一只……渐渐地飞到云海中……他俩躲在草棚的屋檐下，手中紧握着没有被雨水淋湿的绸带，目不转睛地观察着风筝的动静……一直忙到天黑，累得头昏眼花，眼皮直跳。突然，天空中掠过一道耀眼的闪电，富兰克林发现，风筝引绳上的纤维丝一下子竖立起来。这说明，雷电已通过风筝和引绳传导下来了。富兰克林高兴极了，他禁不住伸出左手触碰……引绳上的钥匙……"啪"的一声，急忙小心翼翼地……蓝火花跳了起来……

然后"这果然是电！"富兰克林对威廉喊道，他连忙把引绳上的钥匙和莱顿瓶连接起来，莱顿瓶上电火花闪烁。这说明莱顿瓶正在充电了。

事后，富兰克林用莱顿瓶收集的雷电，做了一系列的实验，进一步证实了雷电与普通电完全相同。

富兰克林的这次风筝实验彻底地击碎……雷电是来上"帝在发火"……

……"煤气爆炸"等流行的说法,使人们真正认识到雷电的本质。因此,人们说:"富兰克林把上帝与闪电分了家。"

富兰克林的风筝实验绝不是一时冲动所做的……他就致力于电的研究,把在当时人们尚不知电为何物的时代……电的性质……多了,效果还特别好。

……他把……莱顿瓶连在一起,以加大电容量。不料,实验的时候,守在一旁的妻子丽德不小心碰……莱顿瓶……一团电火花闪过,丽德被……倒地,面色惨白……她因此休息了一个星期身体才得到康复……

……莱顿瓶发出的轰鸣声、放出的电火花,不是和雷电一样吗?"富兰克林大胆地提出这个"设想"……他推测雷电就是普通的电,并找出它们两者间的 12 条相同之处:都发亮光;光的颜色相同;闪电和电火花的路线都是曲折的;运动都极其迅速;都能被金属传导;都能发出爆炸声或噪声;都能在水或冰块中存在;通过物体时能使之破裂;都能杀死动物;都能熔化金属……物燃烧;都有硫黄气味。

1747 年,富兰克林把他的这些想法,写成论文《论雷电与电气的一致性》……他将论文寄给他的朋友——英国皇家学会会员科林孙……科林孙将论文送交皇家学会讨论时,得到的是一阵嘲笑……许多权威科学家认为富兰克林的观点荒唐无比,"把科学当作儿童的幻想"。对于权威人士的嘲笑、非难,富兰克林不予理睬……终于……冒着生命危险做了风筝实验。

富兰克林从风筝实验中,不但认清了雷电的性质,而且证实雷电是……可以从天窖里走"下来的,接着……"高大建筑物常常遭到雷击,能不能给雷电搭……让它乖乖地……回来呢?"富兰克林想……当富兰克林思考这个问题的时候,从俄国彼得堡传来不幸消息……1753 年 7 月 26 日,科学家利赫曼为了验证富兰克林的实验,在操作时不幸被一道电火花击中身亡。这更坚定了富兰克林研制避免雷……

激发灵感的发明故事

击装置的摸到吃饭的路子啦！我找到吃饭的路子啦！"

他们把那根细铁棒竖在屋顶高望的那座山，装满根通到顶的泥顶细铁棒，在细铁棒的下端绑上金属线，沿着楼把金属线引到底楼的饭呛呢泵上（水泵与大地有接触）；将经过房间的那段金属线分成两段，直挂两股线相隔但提绳定着由东西水铃就能换如果雷电从细铁棒进入的话让金属线进入大地那末，两股线受力，小铃就会晃荡起动来磨起来。他们用黄泥做成各式各样的盆、缸、罐、碗、杯等，在黄龙山干晒电闪雷鸣暴风雨就要来了，放在窑里雨声烧地像奏慢慢候在房间小铃铛的响与克林断倒看到两股拢声的清脆悦耳的声音受他制善地第了用品、工艺品。

富兰克林把那根细铁棒称为"避雷针"。

避雷针的问世,引起了教会的反对。他们认为:"装在屋顶的尖杆指向天空是对上帝的不敬。""干涉上帝的事,对上帝指手画脚,是要受上帝惩罚的。"

撒网捕鱼的诞生

然而,有一次在一场雷雨之后,神圣的教堂着火了,而装有避雷针的房屋却平安无事。于是,避雷针的作用被人们所认识,避雷针也很快地传开了。至1784年,全欧洲的高楼顶上都用上了避雷针。

在江河湖海里,我们常常会看到渔民在撒网捕鱼,这似乎是司空见惯的事情。可是,你知道用网捕鱼是谁发明的吗？据说,还是我国满族的聪明人萨满发明的呢。

这一天,萨满去野外打猎,中午的时候,感到累了,便坐在小河边,一边休息,一边看着水面上的水鹤捕鱼捉虾。他想:水鹤能吃的东西,人一定能吃。刚好不远处有一只水鹤衔掉了一条鱼,他便走上前去,捡起来用火烧,果然味道特别鲜美。

他一溜烟跑回家去,把这个发现告诉了大伙,大伙便纷纷下河捉鱼。可是,鱼身上特别滑溜,不容易抓住。

"能不能想出什么办法来,能轻而易举地捉到鱼呢?"聪明的萨满想啊想啊,他想了很长时间,也没有想出什么办法来。一天,他一个人独自去河里捉鱼,一抬头,发现前面的芦苇上,有一只蜘蛛在织网,网在大海中罹难。

"妻子的裤子救了我!"事后,约翰·卡尔告诉采访他的记者。敏感的记者立即采写了"妻子的裤子救了卡尔一命"的新闻,这使约翰·卡尔在海军中出了名。海军后勤部的官员们立即组织有关方面的专家,对这条"有功之裤"仔细研究起来。

专家们在研究时发现:这种女裤用扣子连接两边的衩子,在水中容易脱落,而且,肥大的裤管在垂直落水时能够迅速充满空气鼓起来,成为名副其实的"救生气垫"。同时,专家们还发现,要是穿上这种女裤,能又快又好地卷起来,对于做好冲洗甲板等活儿极其方便。因此,专家们慎重研究后,向英国海军总部提出建议,对现有的女裤样式再作一些改进,而后制作统一的海军裤和海军褂。英国海军总部接受了这一建议,这种海军服便率先在英国海军中装备。后来,其他国家的海军也纷纷仿效,这种新式海军服便在世界上流行开来,而且延续至今。

日常生活篇

西服的发明

你知道西服的来历吗? 它的诞生与发展,与贵族的兴趣爱好有着密切的关系。

第一个发明西服的是贵族青年菲利普。

菲利普特别爱好垂钓。有一次,他随渔民到大海里钓鱼,兴致勃勃地将钓钩投到了大海中,然后静静地观察着水里的动静。一会儿,一条大鱼上钩了。他激动地拉紧钓竿,慢慢地,活蹦乱跳的大鱼露出了水面。"啪",他使劲地用力一拉,大鱼被扔进了船舱。与此同时,由于用力过猛,菲利普身上穿的紧领多扣的服装被拉坏了,扣子掉了两颗。出身于贵族的菲利普看了看身边的渔民：虽然钓了好多鱼，可是，他们穿的是一种扣子少、敞领子的衣服，捕鱼作业非常方便，扣子一个也没掉。

这位爱玩的花花公子回家以后，立即叫裁缝仿造渔民的服装，设计出了一种新衣服——西服。从此，这种新式服装渐渐流行开来。

第一个给西服后面开衩的是约翰。

约翰是英国伦敦的一个贵族的马车夫。当时，贵族们为了显示自己的身份，让自己的马车夫也穿西服。可是，约翰在赶车时穿西服实在不方便，因为衣服前襟短、后襟长，每一次赶车都会把后襟坐皱，回来都要烫一番，很麻烦。他想，能不能设计制造出一种不用频繁烫的西服呢？经过认真思考，他决定在西服的后襟剪一条线、开一个小衩，不仅上马下马很方便，而且不会坐皱。

约翰的主人是个很赶时髦的贵族，看自己的车夫穿这种西服很方便，而自己经常骑自行车，也需要这样一种方便点儿的、不会坐皱的西服，便立即请裁缝为自己做了这样的西服。于是，英国的贵族开始穿这种带衩的西服。

后来加开衩的西服是"贵族之星"——普鲁士国王。

两百多年前，普鲁士国王腓特烈二世野心勃勃，一心想发动战争，侵略别的国家，称自己是"军事专家"，要求他在检阅军队时发现士兵们也开始穿结我当手榴弹兵种，连串的奇想妙想。这么想他彻夜不眠，根据白色的灵感，对光的作用，一一勾画出了它的用途，以及制造它的各种组成部分。

激光应用的诞生

激光是高科技的产物，是 20 世纪最伟大的发明之一。最初提出激光应用专利的，是高尔登·古德。

古德于 1920 年 7 月 17 日出生在纽约市，上大学读物理专业时，才开始对激光感兴趣。第二次世界大战爆发的时候，他参加了著名的"曼哈顿工程"，即原子弹研究工程，对原子的力量有了新的认识，同时对原子弹爆炸产生的耀眼的光，一睹不忘。他希望有一天，人类也能够对这些光进行开发利用，不要让它白白浪费掉。

战争结束后，古德又投入了紧张的学习，在哥伦比亚大学继续攻读博士，同时在纽约市政学院授课，并注意收集激光方面的知识，更加关注对激光的研究。

1957 年 11 月 9 日是个星期六，37 岁的古德由于看书太晚，直到深夜也没有入睡。结果，他刚入睡又被一场噩梦惊醒。"啪"的一下，他拉亮了电灯，刹那间，一个灵感在心里产生了：

电灯发出的光为什么会是白色的，要是换成别的颜色还会这样刺眼吗？按照这个思路，古德的心里对光产生了一连串的奇想妙想。这么想着，他彻夜不眠，根据白色的灵感，对光的作用，一一勾画出了它的用途，以及制造它的各种组成部分。

星期一的早晨，古德来到了住所附近的一家糖果店，找到了老板："老板，你给我当一下公证人吧。"

"哈哈，大教授，你要我当什么公证人？又有什么要公证的？"糖果店的老板十分不解地点点头。回到王宫，他想，这样总不是个办法，袖口那么脏，你来看看我的笔记本啊。古德打开记写有密密麻麻笔记的笔记本认真地说：“我想，光如果能够集成一束束的，就会产生力量，产生一种神奇的力量。”古德有些激动了。

“慢点儿说，教授先生，那能有什么力量？”糖果店的老板也被古德描述打动了。“把光变成光束，就可以用它来切割物质，用它来加热物质，测量距离，还可以用它来当刀，一把肉眼看不见的锋利的刀，为病人做手术。”古德激动地说，“你就给我来证明，这些奇思妙想是我所想出来的想法，我的专利。”

糖果店的老板从头到尾小心翼翼地记录，高兴地点着头，在古德的笔记本上写着签名和日期。就这样，激光应用专利诞生了。

可是，古德做梦也没有想到，他用了这个发明专利，几乎耗费了半生的心血。商政府申请专利权，都遭到拒绝，顽强、执着的发明一再被拒绝，直到1989年，他的关于激光应用的希望照子才获得了胜利。世界上激光产品已经得到广泛运用，包括用激光焊接、杀死皮肤癌细胞、激光制导武器等。

牧羊人一连尝试了几天，感觉精神特别好。

他非常高兴，便把这个发现告诉镇上所有的人：“吃这种灌木可以提神，不信的话，你们可以……”

电灯的发明

人们将信将疑，大胆的人就去采摘这种灌木来尝尝。事实果然如此，于是一传十，十传百，这件事情便传开了。后来，人们把这种灌木命名为“凯夫”，“咖啡”就是“凯夫”的谐音。

爱迪生是一位伟大的发明家，一生有1300多项发明专利，像留声机、幻灯机、电动机、电话机等，为造福人类立下了汗马功劳。

咖啡是一种常绿灌木或小乔木，生长在热带。浆果是深红色的，里边有两颗种子，炒熟制成粉来做饮料，有兴奋、健胃的作用。

可是，他从小并不像人们想象的那么聪明，甚至有点儿“愚笨”，老是爱问“为什么”，这让老师很烦。有一次，老师讲到2加2等于4，满从此，世界上就有了咖啡。脑子古怪想法的爱迪生竟然问起来：“老师，2加2为什么要等于4？”

老师一气之下把爱迪生撵回了家：“爱迪生学习一点也不用功，他

激发灵感的发明故事

还老问 2 加 2 为什么等于 4，实在太笨了，还是别上学了吧。"

爱迪生的妈妈只好把他领回了家，自己教他识字读书，讲些名人故事给他听，并不厌其烦地解答他问不完的"为什么"。后来，爱迪生的妈妈买了一本《自然读本》给他当生日礼物，被书中的小实验深深地吸引住了，并把家中的地下室整理出来，买来了瓶子、试管及其他实验用品，对照书中讲的做起了实验。至此，爱迪生踏上了科学实验与研究的道路。

尽管爱迪生在科学实验的道路上并不是一帆风顺的，可是，随着实验成果的不断涌现，他的手里也渐渐积攒了一些资金，在离纽约 25 英里的门罗园建起了自己的研究所。1878 年，爱迪生参加了在巴黎举办的世界博览会，他发明的留声机在会上夺得了发明奖，同时，俄国工程师雅布罗其科夫和拉德金发明的"电烛"也吸引了他的目光。爱迪生决定研制电灯，为人类造福。

于是，爱迪生仔细阅读了有关"电烛"的资料，并收集相关的材料进行设计制造。为此，他吃在实验室，住在实验室，把实验室当做家。

为了解决灯丝问题，他尝试着用木炭、硬炭、金属铂等做灯丝，但是都一一失败了。

"为什么油灯的灯芯那么亮，那么耐用呢？"有一次，爱迪生从油灯的灯芯想到了无牵无挂的灯笑，便把棉线摆成各种弧形，烘烤，再取出一段完整的炭线作为灯丝，接通电源后，果然亮了，爱迪生惊喜地喊着：
"亮了！终于亮了！"遗憾的是，这根灯丝只亮了一会儿就烧断了。

小小的挫折并没有使爱迪生退缩，他继续寻找灯丝材料，虽然一次一次地失败，但他还是一次一次地试验，直到 1879 年 10 月 21 日才制成一盏碳丝灯。那一夜，门罗园里灯火通明，500 盏电灯放出了耀眼的光亮，与天上的星光交相辉映。

从此，爱迪生发明的电灯照亮了人间。

海军服的发明

世界上的海军服都大致相同：白色或蓝白色相间的上衣，肥大的蓝色裤子，尤其帽后面系着两根黑色飘带，在碧水蓝天之间随风飘荡。

可是，海军服的裤子很肥大，前裆没有开口，腰部两侧的纽也是用扣子紧紧连在一起的，裤腿非常粗，完全是女裤的式样。这又是为什么呢？

原来这与一次海战有密切的关系。

1713 年，英国的一位海军约翰·卡尔随着舰队来到了一座军港。恰巧，他的家就在军港附近，便请假回家稍稍休息。一天深夜，一阵紧急出航的汽笛声把约翰·卡尔从甜蜜的梦乡中唤醒。他立即翻身起床，穿上衣服就匆忙地往军舰上跑去。

慌忙中，约翰·卡尔穿错了衣服，竟然把妻子的裤子穿在了身上。水兵们看了，都盯着他发笑。约翰·卡尔也发现自己穿错了裤子，只好同战友们无奈地笑了笑。

军舰在大海上劈波斩浪地航行了。可是，刚航行不久，突然遭遇了敌人潜艇的偷袭，一颗水雷正好击中了约翰·卡尔的军舰。不一会儿，军舰就沉了下去，水兵们纷纷跳进波涛汹涌的大海里逃生。

遗憾的是，约翰·卡尔不善于游泳，一落到大海里就惊恐得乱抓乱蹬，想不到一下子就把穿在身上的那条裤子蹬了下去。万幸的是，这条肥大的裤子里充满了空气，一下子就从水里浮了起来。约翰·卡尔惊喜地抱住鼓鼓的裤子，像抱住一个救生筏似的，任其漂泊。

17 个小时以后，筋疲力尽的约翰·卡尔获救了，而其他 32 名战友全部上挂了许多昆虫。萨满的眼前顿时一亮:"要是能织一张网来捕鱼,该多好啊!"

他从水中爬了上来,坐在一段倒在水里的树根上,望着蜘蛛网发呆,想着用什么来织网……当他把……树皮被水浸泡得很柔软,用手一掯,还挺结实的。

显微镜的发明

"……就用这树皮来织网。"他高兴得手舞足蹈……于是,他找来许多树枝,放在水里浸泡,然后将树皮撕成一根根细条,再用这细条织成了一张简陋的网。……网的四个角用四根木棍支撑着,放在水里,一旦发现鱼游了进去,就将网抬起来,既方便又省力,这就是世界上第一张渔网。

发明显微镜的是荷兰青年列文虎克。在列文虎克很小的时候他的父亲就去世了,这导致他养成了非常内向的性格,看上去有点木讷,缺少灵气。事实上,他也不是一个读书的料子,只好退学在家。后来,列文虎克经人介绍,来到一家眼镜店当学徒,替老板磨眼镜。想不到的是,这种单调的生活让列文虎克觉得很有意思,他时常想:"要是我能磨成一副使我看见别人看不见的东西的眼镜该多好呀!"

抱着这种想法,列文虎克磨起眼镜来更有劲了,并更努力地钻研磨眼镜的工艺,希望有一天自己也能磨出与众不同的眼镜。可是,老板可不是这样想的,老板认为……少了,连做一个粗活的差役都不合格,便辞退了他。这位老板没有想到,让列文虎克做技术人员……

巧克力的发现

上看到透镜，运用可以旋转来调节两个镜片的距离。同时，在透镜上加面一个铜板，很好地解决了光线问题。就这样，新型显微镜从食盒……诞生了，积累了丰富的经验，也赚了不少钱。有一天，拉思科在……的显微镜能把物体放大300倍，这在当时是……制成一种固体食品，像树上的可可豆那样，脱去了原来的苦涩，变得美味，又可以拿在手里吃，或者开水一冲就能喝，那就太美妙啦！"

这位食品商真的非同一般，想到就干。他认为，要是开发出一种新食品，那可就能赚大钱了。拉思科决定试制。他经过反复试验，采用了浓缩、烘干、加蜂蜜调制……的可可饮料。由于这种饮料来源于墨西哥的"巧克拉托鲁"，拉思科就给他的新产品命名为"巧克力"。

这就是世界上最原始的巧克力。

拉思科的巧克力投放市场后，逐渐被世人认同，后来还有了"奶油巧克力""脱脂巧克力"等。

一种新电池的诞生

19世纪末期，电灯、电话、电唱机等电器相继走进了人们的日常生活，给人类带来许多方便和乐趣。可是，电器多了，电能不足的问题就日益显现出来。怎样解决用电危机成为发明家的新课题，就连大发明家爱迪生对此也一筹莫展。

电的来源只有两种途径，一是发电机发电，一是蓄电池蓄电。蓄电池携带起来很方便，可是供电时间太短；因为蓄电池是靠硫酸和铅发生化学反应产生电的，但是，硫酸耐用，而铅却不耐用，时间稍长，铅就用完了。

咖啡的发现

爱迪生决定研制一种新的能长时间使用的蓄电池。

有一天，爱迪生在家里吃饭，拿着刀叉突然不动了，表情呆滞地沉思起来，他的妻子知道他又在想蓄电池的事，便笑着说："关键是要找到蓄电池腐蚀的原因在哪里。"……一边唱着牧歌，一边赶着羊群，不知不觉……没错，毛病出在内脏，要治好他的病根，就得给它换个……器官了。"爱迪生幽默地说……群熟悉的号声，赶着羊群下山。可是，到家以后，他……想到这一点，新的想法在爱迪生心里产生了，……要找到一种新物质代替硫酸，再用另一种东西换掉铅。……不愿意睡觉。

经过不只一次的试验、比较、分析，爱迪生决定选用一种碱性溶液……

来代替硫酸，再找一种金属来代替铅。可是，世界上有各种各样的碱性溶液，用哪一种呢？金属也有许许多多，到底用哪一种更合适呢？爱迪生和他的助手们反反复复地试验……春去夏来，寒来暑往，一年又一年。他们试用了几千种材料，做了四万多次实验，还是始终没有找到适合的溶液和金属。这时候，社会上传来了各种各样的冷嘲热讽。有一次，一个不怀好意的记者竟然问：“请问，您发明出来什么奇特的东西吗？”

爱迪生这位倔强的发明家，听说您花费了三年时间，做了四万多次实验，有什么收获吗？

爱迪生的回答博得了在场的人们的热烈掌声，那个想看笑话的记者羞红了脸。

爱迪生凭着这种顽强的意志继续探索，终于在1904年找到了氢氧化钠（烧碱）来代替硫酸，找到了镍、铁来代替铅，制成了世界上第一块镍铁碱电池。

而且，爱迪生并没有立即满足于这种好发现，而是不断地改进，不断地试验，直到1909年，他研制出性能更加良好的镍铁碱电池。

人们将信将疑，大胆的人就去采摘这种灌木来尝尝。事实果然如此，于是一传十，十传百，这件事情便传开了。后来，人们把这种灌木命名为“凯夫”，“咖啡”就是“凯夫”的谐音。

咖啡是一种常绿灌木或小乔木，生长在热带。浆果是深红色的，里边有两颗种子，炒熟制成粉来做饮料，有兴奋、健胃的作用。

从此，世界上就有了咖啡。

空调机的发明

1881年7月的一天，美国总统格菲尔德突然在华盛顿遇刺，生命垂危，立即被送进了一家急救医院。可是，这一年华盛顿出现了历史

激发灵感的发明故事

上罕见的高温,炽热难耐。为了挽救总统的生命,矿山技术人员多西奉命设法降低病房里的气温。

多西深深知道这个命令意味着时间紧、责任大。

海军服的发明

是啊,这与一般的发明不同,没有时间让你耐心研究,也没有理由让你尝试——只能成功不能失败。多西是一位非常敬业的优秀矿山技术员……

多西呀,用干冰降温,我们医生也知道,可是用两侧的液体是用法控制温度……

原来,这与一次海战有密切的关系。

多西接着说:"我还想想办法。"

……能不能通过压缩空气的办法来控制周围的温度呢? 就是说,要设计……

……提出建议以后,筋疲力尽的约翰·卡尔获救了,而其他 32 名战友全部上挂了……地接受了……

……世界上第一台自动空调机就……制皮来织网。"他高兴得手舞足蹈。于是，他找来许多树枝……然后将树皮……开始……把……成为……的……他……根据鱼的……物放在水里，一旦发现鱼游了进去，就将网抬起来，既方便又省力。这就是世界上第一张渔网。

机器解决数学计算问题

70多年前，在英国……一个数学系的学生，常常戴着防毒面具，骑着自行车出现在校园里。他一路骑来，引来无数惊诧的目光。……爬高山。来到一块高坡上的时候，队员们累得筋疲力……图灵，因患过敏性鼻炎，一遇花粉，就会涕泪……植物……

……发现车子总是在……到链条脱落前的一刹那，突然停车……1528年，科尔特斯探险归来，向西班牙的国王敬献了这种"魔药"……图灵……计数器会……报警……图灵……1936年，图灵……应用于……

155

题的到计算数字发表时……版有认识他和不认识他的人都震惊了!他在这篇论文里设计了一个机器模型,并证明:只要编入有关信息,这台机器就能解决任何依赖于计算的数学问题了……课题虽不大,但它的使用却很广泛……图灵的脑筋急转弯……原来世界上这种难题……就是电脑……版"冯·诺依曼机器齐名的"图灵机"……

……得很快……24岁的图灵还是剑桥大学的一名研究生,他的那篇论文奠定了整个现代计算机和人工智能的基础……他认为,要是开发出一种新……现在以他命名的"图灵机"论题已被当做公理反复使用着,它既是现代计算机科学的基础,也是数学的基础……由于这……样……1945年……图灵到英国国家物理研究所工作……他把研究的课题依然选定在计算机上,这是他的强项。当世界上无数科学家在苦思冥想设计自动计算机时,图灵率先领跑,设计出了自动计算机,后又发明了世界上第一台的数字电脑投放市场……渐渐地……1951年……图灵由于他杰出的科研成果,被选为英国皇家学会会员。

目前,在世界计算机学科中,有一项崇高的奖项叫"图灵奖",就是以这位天才的名字命名的。

咖啡的发现

静电喷漆的发明

一千多年前,非洲……叫凯夫小镇,镇里住着一个非常机灵的牧羊人。

从1951年到1981年30年间,美国的载斯伯格公司从一个濒临倒闭的厨房用品商店的一跃发展成为大名鼎鼎的……利润达到20多亿美元。人是谁创造了这惊天动地的奇迹?原来是静电喷漆技术这项重大发明为载斯伯格带来了滚滚财源……兴奋,像着了魔似的,不停地……静电喷漆技术的主要发明人,是载斯伯格公司老板的小儿子小兰斯伯格……是不是羊吃了什么植物造成的呢?"牧羊人感到莫名其妙,躺在

1931 年到世界经济大萧条，小兰斯伯格回到父亲的店铺当助手，跟着父亲学习喷漆。每天小兰斯伯格从早上7点开始，到晚上7点结束，都在给饼干罐头盒喷漆，日复一日，机械而枯燥。

……这样喷漆非常浪费，成本这么高，怎么能赚到钱呢？他想办法来改进喷漆技术。小兰斯伯格向父亲提出自己的建议……改进技术是那么容易的事吗？安心喷吧，老爸一辈子都是这样干的。老兰斯伯格摇着头……

可是小兰斯伯格并不服输，他开始悄悄地搞喷漆技术的实验，可是实验却迟迟没有任何进展。他感到知识不足，便请哥哥帮忙来提高自己在这方面的能力。哥哥给他介绍了一位有学识和技术的朋友，名叫格林。小兰斯伯格就虚心向这位老师学习，同时认真地进行实验，硬缠着父亲花了 35 美元买来了破旧的 X 光机、铁器具、瓷器皿，在寒冷的小屋里整整搞了一个……可以用较低的气压和 10 万伏的电压来进行一次性喷漆，并能节省三分之一的油漆。"用我的喷漆来喷漆可以节省许多材料，请试试吧。"他向一些喷漆厂……"试试？谁敢拿生命开玩笑？要知道那可是 10 万伏的电压啊！"厂商们拒绝了他，没有一个人愿意在自己的喷漆室里……10 万伏的高压电了。

"是啊，手握这种喷漆枪真是太危险了。"小兰斯伯格想到这里……一边思索着。

突然，他的工程师斯塔尼用普通的油漆刷涂式窗帘……当油漆刷移到离柜子还有几英寸的时候，一种雾状的油漆从刷子上飞快地向柜子喷去！无意间打开高压电源出现了这样奇怪的现象。小兰斯伯格想到了以前哥哥的朋友格林曾向自己讲能当饭吃呢？"

"黄泥巴不能吃。但是，用它做出东西来，不就能换饭吃了吗？"范蠡将自己的想法一五一十地说了出来，村民们听后，非常高兴，一起和范蠡琢磨起来。

田雄式循环锅炉的发明

蒸汽机的发明，带动了火车、轮船的发明，给大机器的生产提供了原动力，同时也给人类历史的科学与文明写下了光辉的一页。

后来，人们为了获得蒸汽，又发明了锅炉。可是锅炉的热效率一直不高，人们常常为之苦恼。

那么，怎样制造高效锅炉呢？

日本有个名叫田雄的，对锅炉进行分析和比较，想设计出一种理想的新锅炉。可是，这不是简单的事情。

独自去河里捉鱼，一抬头，发现前面的芦苇上，有一只蜘蛛在织网，网在大海中罹难。

"妻子的裤子救了我!"事后,约翰·卡尔告诉采访他的记者。敏感的记者立即采写了"妻子的裤子救了卡尔一命"的新闻,这使约翰·卡尔在海军中出了名。海军气机部的首长们即组织有关方面的专家,对这条"有功之裤"仔细研究起来。

专家们在研究时发现,这种女裤用扣子连接两边的衩子,在水中容易脱落,而且,肥大的裤管在垂直落水时能够迅速充满空气鼓起来,成为名副其实的"救生气垫"。同时,专家们还发现,要是穿上这种女裤,能又快又好地卷起来,对于做好冲洗甲板等活儿极其方便。因此,专家们慎重研究后,向英国海军总部提出建议,对现有的女裤样式再作一些改进,而后制作统一的海军裤和海军褂。英国海军总部接受了这一建议,这种海军服便率先在英国海军中装备。后来,其他国家的海军也纷纷仿效,这种新式海军服便在世界上流行开来,而且延续至今。

录像机的发明

如果要问你用什么办法可以录下我们的音容笑貌的话,你一定会脱口而出:"录像机"。

那么,是谁发明了世界上的第一台录像机呢?他是英国广播公司的技术员丁布伦。

丁布伦虽然是一个普通的技术人员,可是对录像设备和技术的研究有一种非常特殊的爱好,一直希望自己能研制出录像机,更好地方便人们生活。丁布伦为了研制出录像机,经常跑到当时的各大图书馆查阅资料,收集许许多多专家对录像设备研究的奇思妙想,尤其对专家们提出的各种研制方案进行了认真的梳理和分析,科学地总结了前人在研制录像机上的得与失。

有了理论上的深厚积累以后,丁布伦决定购买零件进行组装试验。他首先画出了录像机的草图,按照"图纸"的要求,买来了大量电子元件和必备的工具,再分门别类地码好堆放,以防使用时发生错误。接着,丁布伦亲自动手,把几万个电子元件一件一件地焊接到一起,终于组装成功了录像机。这台机器有两个放带盒,磁带在两者之间运动时,经过一个静止的录像磁头,可以把要录制的东西清清楚楚地录制下来。

西服的发明

你知道西服的来历吗?最早设计西服的是贵族青年菲利普。

世界第一台录像机诞生后,它的体积大得惊人,整整占据了一间屋子,以致人们说他整个人都被录像机包围了,要知道里面的电子元件以及木头上的架子,他都要非常小心地量好它们的尺寸。于是,那些没有派上用场的电子元件以及没用到的制造工艺也被扔进了船舱。与此同时,由于用这些录像机录出来的录像效果很好,它的体积实在太大,搬

激发灵感的发明故事

防触电插座的发明

在全国第二届青少年科学发明创造比赛上，上海市和田路小学的学生徐琛发明的"四用防触电插座"获得了一等奖。消息传来，全校振奋，都为她取得的成绩感到光荣和骄傲。

这项发明的最初动机不是别的，而是她弟弟曾有过难忘的触电遭遇。

那是一个星期天下午，徐琛正在做作业，忽然听到弟弟惊叫一声，随即摔倒在地。徐琛跑过去一看，一根长铁丝还"站"在插座上。原来，弟弟觉得插座上那两个小扎挺神秘的，就用一根细铁丝去戳，一股强大的电流把弟弟击倒了。虽然弟弟脱离了生命危险，可是那惊险的一幕却让徐琛刻骨铭记："电老虎真是太可怕了，能不能发明一种防触电的插座呢？这样就能造福千家万户了。"

于是，徐琛一边在学校翻阅、查阅课外资料，一边画出一张张的线图……

感到有些难受,但是,更激发了她改进这种插座的积极性。

有一天,徐琛陪奶奶上百货商店。当她推开一道门时,发现里面还有一道门,就在她关上第一道门,推开第二道门的刹那间,一个念头突然在她的脑海里闪现:上自然常识课时,老师不是讲过闸门原理吗?对,就是甲门关上,乙门打开;乙门关上,甲门打开。要是把这闸门用在防触电插座上,一定很管用。

"哦,我有办法了,有办法了!"徐琛一路跑着回到了家,立即动手做起来。她根据闸门原理,在插座里安装了两道活的闸门。

"瞧,这插座里有两道闸门,打开一个闸门,电是进不去的。"一个星期以后,徐琛终于把新插座做好了,高兴地向同学们介绍说,"只有两个活门同时打开,电流才能通过。"

"这……这与防触电有什么关系?"一位小同学一时还没有醒悟过来。

"哎,是这样的。"徐琛慢慢地说,"不懂事的小孩子在看到插座感到好奇时,一般总是用一件铁器或一个手指伸进插座孔里,这样只能打开一道活门,就不会有触电的危险。想想看,是不是这样?"

围观的同学和老师恍然大悟。后来,老师和同学们又对徐琛的插座稍作改进,"四用防触电插座"终于大功告成。

1985 年 3 月 26 日,在日本举行的第三届世界青少年发明创造展览会上,徐琛的"四用防触电插座"荣获展览会最佳作品奖,这是建国以来我国青少年第一次在国际上获得创造发明金牌。

立体眼镜的发明

曲本刚是我国天津四十一中的学生,有一次和同学到电影院里看立体电影,那逼真的立体效果立即引起了他极大的兴趣,令他激动不已：真想不到世界上还有这样神奇的电影！

回家以后，曲本刚把看到立体电影的事情向妈妈绘声绘色地讲述了一遍："妈妈，那立体电影看了真过瘾，要是天天都有这电影看就好了。可是，我想不通，同样都在电影院，为什么有的是立体电影，有的又不是立体电影呢？"

"孩子，立体电影与一般电影不同，它在放映时有特殊的大银幕，还要戴上一副特殊的眼镜。这样，你才能看到立体电影的效果。懂吗？"

"噢，原来如此。"曲本刚想了想说，"要是有一种眼镜，在看普通画面时能让我们看到立体效果，那该多好！"

"世界上还没有这样的眼镜，要等你去发明呢。"妈妈开起了一句玩笑。

可是，自尊心极强的曲本刚并不认为这样："妈，说不定我真能发明出来呢！"

"好儿子，那你就试试看吧。"妈妈欣慰地说。

曲本刚真的开始了立体眼镜的研制工作。从此，他一次次到电影院观看立体电影，把那副特殊的眼镜摘下来，戴上去，反反复复地试来试去，希望能在眼镜上找出点窍门来。可是，一连数月，毫无收获。

有一天，曲本刚在一个旧书摊上发现了一本叫《眼屈光异常与配镜原理》的旧书，如获至宝，高兴得连连自语："真是'踏破铁鞋无觅处，得来全不费工夫'，有了这位不说话的老师，我还愁不会制造立体眼镜吗？"回家以后，他认真地钻研起来，对书中介绍的配镜原理进行了刻苦的学习，知道了用小孔的镜片观察物体，会产生不同的色彩和层次，容易形成立体的感觉。

"小孔镜片能有立体感，可是，要用多小的小孔呢？唉，书中没有讲，生活中也没有人请教。"曲本刚在心里思索着，"既然这样，我能不能在镜片上先钻几个小孔试试看呢？"

曲本刚把自己的想法告诉了妈妈。

"孩子,想好了你就大胆地干吧。"妈妈充满希望地说,"不干,什么也不知道。"

于是,曲本刚找来了一副眼镜,把一根钢锥烧红,在眼镜片上扎了起来。当他扎出几个小孔的时候,拿起来往眼睛前一放:嘿,还真有些立体感觉呢。

"我再多扎些小孔,再多扎些。"曲本刚万分激动地在心里说,"我的立体眼镜马上就要制成啦!"

曲本刚一口气在150毫米长的眼镜片上扎出了350个小孔,制成了与普通眼镜一样的立体眼镜,并让妈妈和爸爸用它来看电视。果然,电视屏幕上的形象成了立体的了,而且效果很好。立体眼镜的研制成功,填补了眼镜制造业上的一个空白。

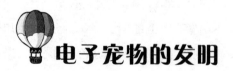

电子宠物的发明

20世纪90年代,电子宠物风靡全球,像电子狗、电子猫、电子鼠等等。"小动物"成了小学生书包里的"贵客",不时在里面发出鸡鸣犬吠之声,深得小朋友的欢心。

那么,是谁发明了电子宠物的呢?她是日本一家玩具市场的调查员,名叫真板亚纪,推出的第一个电子宠物叫"电子鸡"。

虽然国度不同,但是热爱大自然、热爱小动物是全世界小朋友的天性。当时的日本房价很高,一套三居室竟然卖到了两千多万日元。所以,一般的家庭住房条件并不好,居室狭小,没有多余的空间来饲养小动物。同时,小动物不讲究卫生,随地大小便,房间里一旦养上了小动物,就变得臭烘烘的,很不卫生,家长也不高兴。可是,孩子们喜欢小动物呀！这真是一件很难两全其美的事情。

有一次，真板亚纪对玩具市场进行一次调查。她来到了一所小学，孩子们吵吵嚷嚷地说：

"我们也爱玩具，可是，现在有什么好玩的？"一个小男孩直爽得很，大声说。

"是啊，我们喜欢小动物，然而到哪儿去买呢？"一个小女孩也附和着，"不是我们不爱小动物，是没有小动物。"

"动物园里有嘛。"另一个孩子天真地说。

"哈哈，我们想自己养动物。"还是那个直爽的小男孩，鼓着小嘴巴说，"要是自己有小动物多棒！"

孩子们的"不满情绪"深深地感染了真板亚纪。是啊，我们成人有多少时间为孩子们考虑，有多少人想到孩子们渴望亲近大自然的这份感情！那一夜，真板亚纪无论如何也睡不着觉了。她想：我不是搞玩具市场的调查和开发吗？那就为孩子们先设计出一套电子动物吧，让孩子们不出校门，不出家门，也能听到小动物那亲切的声音。

有一天，真板亚纪把自己的想法向老板作了汇报："如果我们的公司能开发出一些电子宠物的话，就能满足小孩子们饲养小动物的愿望，而且不用购买饲料，电子宠物不吃不喝，家长们也不会为卫生问题来干涉孩子们。同时，这种电子宠物也能唤起孩子们热爱大自然的那份感情。这肯定是一个创举，也一定能打开市场。"

"嗯，不错。让孩子们玩玩电子宠物，也有助于培养孩子们的动手能力。这是个好方法！"老板当即拍板。

于是，真板亚纪找到了有关的技术人员，根据自己在市场调查的情况，提出了这种电子宠物的设计方案和要求——关键是要"形神兼备"，既能让孩子们看到活生生的小动物，又能让他们听到小动物的声音，使孩子们有一种身临其境的感觉。

几个月以后，真板亚纪提出和参与设计制造的世界上第一只电子宠物——"电子鸡"问世了。听到电子鸡那"咯咯"的叫声,孩子们乐得手舞足蹈,500万只"电子鸡"很快销售一空。从此,各种各样的电子宠物相继"出笼",成为小朋友们爱不释手的"掌上明珠"!

电池的发明

1793年,盖尔瓦尼教授做了一个奇怪的实验:

他用一种金属触在一只青蛙的筋肉上,再用另一种金属触在青蛙的神经上,当这两种金属接在一起的时候,青蛙就立即死去。

这一年,意大利人伏特在英国任巴维亚大学的物理教授时,他也听到了这个有趣的实验。当时,对盖尔瓦尼教授的实验,许多人都认为,这种现象对医学研究可能有一定作用。但是,爱动脑子、学识广博的伏特教授认为这事不能这么简单地看待,可能与他研究的电学也有一些关系。

于是,他决定从"青蛙实验"中寻找电学的秘密。

在实验室里,伏特找来了一块锌板和一块铜板,并将一块与金箔静电计的内杆相连,再用另一块和外匣相连,然后将两块金属板重合,再立即取走和外匣相连的一块。

"好啦,如果与杆相连的是锌板,这时就会由静电计测知锌板带正电;如果是铜板,就是带负电。"

事实果然如此。

这样的实验,伏特又做了几百次,终于找到了物质相互接触产生的一系列电荷性质,并继续研究和改进,完成了伏特电池的发明创造。

人们为了纪念他,便把电学中的电势差单位叫做"伏特"。

在一般人看来,"青蛙实验"只不过有点儿奇怪罢了。可是伏特受到它的启发,进行了更深层次的研究,产生了重大的发明创造。

玻璃的发明

有一天，一艘腓尼基人的商船在航行时遇到了大风暴，只好驶进一个港湾避风，等风平浪静之后，再继续航行。

中午时分，腓尼基人准备上岸举行野餐。可是，四周连一块架锅的石头都没有，他们感到很沮丧。

"船上不是有苏打块吗？搬几块下来支锅好了。"一个年轻的船员想出了主意。于是，大家七手八脚地从船上搬来了几块大的苏打块，将锅架好后，便找来一些柴火烧起来。

第二天，腓尼基人要启程了，当他们收拾餐具准备上船时，一个船员忽然大叫起来："这是什么东西呀？快来看看呀！"

船员们赶紧围了上来，只见锅下的炉灰中有一种闪闪发光的东西，晶莹剔透。

"不像是金属。"

"也不是石块。"

人们从没见过这种东西，大家七嘴八舌，你一言、我一语地猜测着。他们哪里想到，这沙地上都是石英砂，烧火做饭时，支着锅的苏打块在高温下和石英砂发生了化学反应，变成了玻璃。

回去之后，有一个商人对玻璃产生了浓厚的兴趣，他觉得这很有商业价值，便动手制作起来。他先将石英砂和天然苏打搅拌在一起，将熔化后的玻璃液，做成各种各样、大小不一的珠子，然后，运到市场上销售。出乎意料的是，这种东西很受人们的喜爱，有的人还用黄金来进行交换呢！

从此，玻璃在世界上迅速发展应用起来。

裂纹青瓷的诞生

在外国人的眼里,陶瓷就是中国的标志。英语中,"中国"和"陶瓷"就是同一个单词。

其实,了解陶瓷的人都知道,"陶"和"瓷"不仅是两个不同的概念,也是两种不同的物品,而且差异很大。陶器,一般来说都是吸水的、不透明的;瓷器,却是不吸水的、半透明的,敲击时还能发出金属的声响。

我国烧制瓷器的历史从商代算起,有三千多年了。到了宋代,景德镇成了饮誉世界的"中国瓷都"。特别是浙江的青瓷,在当时有极高的知名度,现在成为收藏家梦寐以求的珍品。

那么,这种青瓷是怎么发明的呢?

据说,浙江龙泉有一对兄弟分别开了烧制青瓷的窑,一个叫"哥窑",一个叫"弟窑"。由于哥哥的技术好,烧制的青瓷供不应求,却不愿意将烧制的秘方传给弟弟,时间一长,嫉妒的弟弟就怀恨在心。

"我不挣钱,你也休想挣钱。"一天深夜,弟弟挑来了一担冷水,悄悄地走到了"哥窑"。

原来,弟弟知道烧窑的温度高达1000多摄氏度,要是遇上一担冷水,轻则一窑的青瓷完了,重则连窑带瓷一起炸掉。想到这儿,狠心的弟弟把一担冷水用力泼了进去!然后,他带着复仇后的满足,回到家呼呼大睡起来。

第二天,哥哥打开自己的窑一看,顿时惊呆了:"呀,怎么变成这个样子啦?哪来这么多裂纹?"哥哥十分难过地仔细端详起来:一个个瓷胎上布满了一条条裂纹,像冬天的河面上炸裂的碎冰纹的模样。

"呀,没有碎!"哥哥小心翼翼地拿起一块瓷胎看了看,惊喜极了,

激发灵感的发明故事

"没关系,没关系,仅仅是釉质裂了而已。"哥哥心里稍稍有了些安慰,因为烧制不慎也会造成釉质裂,只不过那样的裂纹少一点儿,没有这个严重,但不管怎么说,还是能卖一些钱的,不至于全报废吧。

"要是哪位商人对这种裂纹感兴趣,说不定还能卖个好价钱呢。"哥哥想,"试试看,不能就这么让一窑的青瓷完蛋。"

结果出乎哥哥的预料:这窑青瓷格外好卖,有人说那裂纹是精心烧制的,而且这青瓷比一般的更结实。

喜出望外的哥哥从弟弟那儿问清了事情的原委,开始专门烧制这种裂纹青瓷。

从此,浙江的裂纹青瓷名扬天下。

肥皂的发明

很久很久以前的一天,古埃及的国王胡夫举行盛大宴会,厨师们忙得像热锅上的蚂蚁似的,个个团团乱转。有一个十几岁的小厨师,也和大人们一样,天一亮就起床,一直忙到天黑,累得头昏眼花,眼皮直跳动,一不小心,一脚把灶下的一盆炼好的羊油踢翻了,全部浇在炭灰里。

"糟了,这可怎么办呀?"小厨师吓得浑身发抖,不知所措。他怕被人发现,就急急忙忙把混有羊油的炭灰一把一把地捧起来,扔到外边。然后,就赶快去洗手,他洗着洗着,忽然发现手上竟然出现了一些白糊糊的东西。

"这是怎么回事呢?"小厨师感到非常奇怪,又去把手洗了洗,结果洗过的手比以前干净多了。

"快来看看呀,我发现好东西啦!"他高兴地喊了起来,"给你们用这个洗手。"到底是孩子，竟忘记自己刚做了错事。

"用这东西洗手，不是把手都弄脏了吗？这孩子是不是累坏了？"大伙儿跑出来，在心里这样想着。可是，一个个还是学着他的样，用那种白糊糊的东西把手洗了洗，大家不禁睁大了眼睛：手不但没弄脏，反而干净多了，效果还特别好。国王知道了这件事，他看着小厨师的手吃惊地问："你的手这么干净是怎么回事？"小厨师不敢说谎，就说出了事情的真相。

国王不但没有责备他，还叫他再试一试。小厨师重新把羊油和炭灰捏成一个个小团，让国王洗洗看。国王洗手后非常满意，立即传下圣旨，让这种"小团团"在全国推广使用。

小厨师发明的"小团团"就是现在的肥皂。

陶器的诞生

激发灵感的发明故事

我国春秋时期，有个做官的，名叫范蠡。他深知与当时的当权者可共患难，难共安乐，便毅然地离开官场，隐居在江苏宜兴的一个小村庄里，和当地的百姓一样，过着日出而作、日落而息的平凡生活。

有一天清晨，范蠡起了一个大早，急急忙忙吃完饭，就拿起农具匆匆上路了。天刚蒙蒙亮，他就来到村外的黄龙山上，想在这里开荒种田。他发现，这里的泥土与别处的泥土有所不同，不仅细而且黏，非常特殊。他一边挖地，一边思索着。

突然，他眼前一亮："要是能用这些泥土捏成各式各样的泥坯，再用火烧一烧，不就能变成有用的东西了吗？"他包了一包泥土，一口气跑到家里，经过试验，果然不出他的所料，效果不错。于是，他高兴地围着村庄边跑边喊：

"我找到吃饭的路子啦！我找到吃饭的路子啦！"

村民们听到喊声纷纷跑了出来，望着那荒山秃岭、满山遍野的黄泥巴，村民们疑惑不解，还以为他疯了呢，异口同声地问："黄泥巴怎么能当饭吃呢？"

"黄泥巴不能吃。但是，用它做出东西来，不就能换饭吃了吗？"范蠡将自己的想法一五一十地说了出来，村民们听后，非常高兴，一起和范蠡琢磨起来。他们用黄泥做成各式各样的盆、缸、罐、碗、杯等，在黄龙山下建起一座火窑，然后把这些土坯放在窑里烧。烧好以后再慢慢冷却，这些土坯就变成了各种既好看又耐用的陶器，变成一件件深受人们喜爱的日用品、工艺品。

撒网捕鱼的诞生

在江河湖海里，我们常常会看到渔民在撒网捕鱼，这似乎是司空见惯的事情。可是，你知道用网捕鱼是谁发明的吗？据说，还是我国满族的聪明人萨满发明的呢。

这一天，萨满去野外打猎，中午的时候，感到累了，便坐在小河边，一边休息，一边看着水面上的水鹜捕鱼捉虾。他想：水鹜能吃的东西，人一定能吃。刚好不远处有一只水鹜衔掉了一条鱼，他便走上前去，捡起来用火烧，果然味道特别鲜美。

他一溜烟跑回家去，把这个发现告诉了大伙，大伙便纷纷下河捉鱼。可是，鱼身上特别滑溜，不容易抓住。

"能不能想出什么办法来，能轻而易举地捉到鱼呢？"聪明的萨满想啊想啊，他想了很长时间，也没有想出什么办法来。一天，他一个人独自去河里捉鱼，一抬头，发现前面的芦苇上，有一只蜘蛛在织网，网上挂了许多昆虫。萨满的眼前顿时一亮："要是能织一张网来捕鱼,该多好啊!"

他从水中爬了上来,坐在一段倒在水里的树根上,望着蜘蛛网发呆,想着用什么来织网。当他低头看水里的鱼儿时,他发现裂开的树皮被水浸泡得很柔软,用手一拽,还挺结实的。

"对,就用这树皮来织网。"他高兴得手舞足蹈。于是,他找来许多树枝,放在水里浸泡,然后将树皮撕成一根根细条,再用这细条织成了一张简陋的网。他把网的四个角用四根木棍支撑着,放在水里,一旦发现鱼游了进去,就将网抬起来,既方便又省力。这就是世界上第一张渔网。

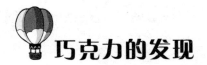

巧克力的发现

1519 年,西班牙探险家科尔特斯率领的探险队进入了墨西哥腹地,穿密林,走沙漠,爬高山。来到一块高坡上的时候,队员们累得筋疲力尽,横七竖八地躺在地上休息。

这时候,一队打猎的印第安人走过来,他们从行囊中取出了一种植物的种子可可豆,碾成粉状,放到瓦罐中,加上水用火烧了起来,水沸腾后又加上一些树汁和胡椒粉,制成了一种香气四溢的饮料,让科尔特斯的探险队员喝了下去。一会儿,这些探险队员好像吃了一种"魔药"似的,个个精神焕发,体力倍增。

1528 年,科尔特斯探险归来,向西班牙的国王敬献了这种"魔药"——可可饮料。在制作时,考虑到西班牙人的饮食特点,用蜂蜜代替了树汁和胡椒粉。国王喝了以后,大加赞赏。从此,这种饮料风靡整个西班牙。后来,这种饮料传到了欧洲,也很受欢迎。于是,许多商人看到了商机,经营可可饮料成为一个很赚钱的行业。

西班牙的拉思科便是其中的一位。他是一位很爱动脑筋的食品商,经营食品多年,积累了丰富的经验,也赚了不少钱。有一天,拉思科在煮可可饮料时,突发奇想:"嗯,虽然好喝,可是,这样煮太麻烦了!要是能制成一种固体食品,像树上的可可豆那样,脱去了原来的苦涩,变得美味,又可以拿在手里吃,或者开水一冲就能喝,那就太美妙啦!"

这位食品商真的非同一般,想到就干。他认为,要是开发出一种新食品,那可就能赚大钱了。拉思科决定试制。他经过反复试验,采用了浓缩、烘干、加蜂蜜调制等办法,终于制成了固体的可可饮料。由于这种饮料来源于墨西哥的"巧克拉托鲁",拉思科就给他的新产品命名为"巧克力"。

这就是世界上最原始的巧克力。

拉思科的巧克力投放市场后,逐渐被世人认同,后来还有了"奶油巧克力"、"脱脂巧克力"等。

咖啡的发现

一千多年前,非洲的埃塞俄比亚有一个小村庄,叫凯夫小镇,镇里住着一个非常机灵的牧羊人。

一个阳光明媚的早晨,牧羊人一边唱着牧歌,一边赶着羊群,不知不觉中来到了山坡上的一块新草地,让羊群美美地饱餐起来。太阳快落山了,牧羊人才吹着羊群熟悉的号声,赶着羊群下山。可是,到家以后,他发现今天的羊和平时不一样,非常兴奋,像着了魔似的,不停地"咩咩咩"直叫,不愿意进圈,更不愿意睡觉。

"是不是羊吃了什么植物造成的呢?"牧羊人感到莫名其妙,躺在床上翻来覆去睡不着。

第二天，东方才露出鱼肚白，牧羊人又赶着羊群来到那块草地。

原来，这里有一种他从来没见到过的灌木，灌木上还开着一朵朵漂亮的小白花，并结着一个个深红色的小浆果，而羊特别喜欢吃它的叶子。晚上，牧羊人发现，羊群和头天晚上一样，不想进圈，更不想睡觉。

"难道是灌木作怪吗？难道这灌木里有什么奇特的东西吗?"牧羊人想着想着，就进入了甜美的梦乡。

一觉醒来，天已大亮。牧羊人把羊群赶到一个没有那种灌木的山坡，让羊吃别的草，看看还有没有那种"兴奋"现象。晚上回家后，羊群变得安安静静静的，每一只羊都很听话。

"毫无疑问，一定是灌木起的作用。"牧羊人非常惊喜。

他决定亲自尝一尝。于是，他折下一根灌木枝条，试着尝了尝灌木叶子，觉得有点儿苦；接着摘下几个浆果，放在嘴里嚼了嚼，又苦又涩，一下子吐了出来。

他不肯罢休，赶快又嚼了几颗浆果，觉得味道虽然苦，但越嚼越觉得清新爽口。

牧羊人一连尝试了几天，感觉精神特别好。

他非常高兴，便把这个发现告诉镇上所有的人："吃这种灌木可以提神，不信的话，你们可以尝一尝。"

人们将信将疑，大胆的人就去采摘这种灌木来尝尝。事实果然如此，于是一传十，十传百，这件事情便传开了。后来，人们把这种灌木命名为"凯夫"，"咖啡"就是"凯夫"的谐音。

咖啡是一种常绿灌木或小乔木，生长在热带。浆果是深红色的，里边有两颗种子，炒熟制成粉来做饮料，有兴奋、健胃的作用。

从此，世界上就有了咖啡。

激发灵感的发明故事

海军服的发明

世界上的海军服都大致相同：白色或蓝白色相间的上衣，肥大的蓝色裤子，无檐帽后面系着两根黑色飘带，在碧水蓝天之间随风飘荡。海军服使水兵们显得格外精神，像一群自由自在的海鸥。

可是，海军服的裤子很肥大，前裆没有开口，腰部两侧的衩也是用扣子紧紧连在一起的，裤腿非常粗，完全是女裤的式样。这又是为什么呢？

原来这与一次海战有密切的关系。

1713 年，英国的一位海军约翰·卡尔随着舰队来到了一座军港。恰巧，他的家就在军港附近，便请假回家稍稍休息。一天深夜，一阵紧急出航的汽笛声把约翰·卡尔从甜蜜的梦乡中唤醒。他立即翻身起床，穿上衣服就匆匆忙忙地往军舰上跑去。

慌忙中，约翰·卡尔穿错了衣服，竟然把妻子的裤子穿在了身上。水兵们看了，都盯着他发笑。约翰·卡尔也发现自己穿错了裤子，只好向战友们无奈地笑了笑。

军舰在大海上劈波斩浪地航行。可是，刚航行不久，突然遭遇了敌人潜艇的偷袭，一颗水雷正好击中了约翰·卡尔的军舰。不一会儿，军舰就沉了下去，水兵们纷纷跳进波涛汹涌的大海里逃生。

遗憾的是，约翰·卡尔不善于游泳，一落到大海里就惊恐得乱抓乱蹬，想不到几下子就把穿在身上的妻子的那条裤子蹬了下去。万幸的是，这条肥大的裤子里充满了空气，一下子就从水里浮了起来。约翰·卡尔惊喜地抱住鼓鼓的裤子，像抱住一个救生筏似的，任其漂泊。17 个小时以后，筋疲力尽的约翰·卡尔获救了，而其他 32 名战友全部在大海中罹难。

"妻子的裤子救了我!"事后,约翰·卡尔告诉采访他的记者。敏感的记者立即采写了"妻子的裤子救了卡尔一命"的新闻,这使约翰·卡尔在海军中出了名。海军后勤部的官员们立即组织有关方面的专家,对这条"有功之裤"仔细研究起来。

专家们在研究时发现:这种女裤用扣子连接两边的衩子,在水中容易脱落,而且,肥大的裤管在垂直落水时能够迅速充满空气鼓起来,成为名副其实的"救生气垫"。同时,专家们还发现,要是穿上这种女裤,能又快又好地卷起来,对于做好冲洗甲板等活儿极其方便。因此,专家们慎重研究后,向英国海军总部提出建议,对现有的女裤样式再作一些改进,而后制作统一的海军裤和海军裇。英国海军总部接受了这一建议,这种海军服便率先在英国海军中装备。后来,其他国家的海军也纷纷仿效,这种新式海军服便在世界上流行开来,而且延续至今。

西服的发明

你知道西服的来历吗? 它的诞生与发展,与贵族的兴趣爱好有着密切的关系。

第一个发明西服的是贵族青年菲利普。

菲利普特别爱好垂钓。有一次,他随渔民到大海里钓鱼,兴致勃勃地将钓钩投到了大海中,然后静静地观察着水里的动静。一会儿,一条大鱼上钩了。他激动地拉紧钓竿,慢慢地,活蹦乱跳的大鱼露出了水面。"啪",他使劲地用力一拉,大鱼被扔进了船舱。与此同时,由于用力过猛,菲利普身上穿的紧领多扣的服装被拉坏了,扣子掉了两出身于贵族的菲利普看了看身边的渔民:虽然钓了好多鱼,可是,他们穿的是一种扣子少、敞领子的衣服,捕鱼作业非常方便,扣子一个也没掉。

这位爱玩的花花公子回家以后,立即叫裁缝仿造渔民的服装,设计出了一种新衣服——西服。从此,这种新式服装渐渐流行开来。

第一个给西服后面开衩的是约翰。

约翰是英国伦敦的一个贵族的马车夫。当时,贵族们为了显示自己的身份,让自己的马车夫也穿西服。可是,约翰在赶车时穿西服实在不方便,因为衣服前襟短、后襟长,每一次赶车都会把后襟坐皱,回来都要烫一番,很麻烦。他想,能不能设计制造出一种不用频繁烫的西服呢?经过认真思考,他决定在西服的后襟剪一条线,开一个小衩,这样,不仅上马下马很方便,而且不会坐皱。

约翰的主人是个很赶时髦的贵族,看自己的车夫穿这种西服很方便,而自己经常骑自行车,也需要这样一种方便上下的、不会坐皱的西服,便立即请裁缝为自己做了这样的西服。于是,英国的贵族开始穿这种后面带衩的西服。

第一个给西服袖口加扣子的是"贵族之首"——普鲁士国王。

两百多年前,普鲁士国王腓特烈二世野心勃勃,一心想发动战争,侵略别的国家,称自己是军事"天才"。有一次,他在检阅军队时发现,士兵们的袖口很脏,油光发亮,便十分生气地大声喝问起来:"这是怎么回事?你们还懂不懂什么叫卫生,什么叫军容?"

一个军官见了,连忙跑到国王的面前,说:"报告国王,士兵们在前线打仗非常辛苦,汗流浃背也来不及擦汗。即使在平时训练时,士兵们也往往没有时间掏手帕来擦汗,所以只好用袖口来擦一擦了。请陛下原谅。"

"嗯。"国王点了点头。回到王宫,他想,这样总不是个办法,袖口那么脏,会影响军队形象啊!后来,他想出了一个办法:在袖口上缝制几个金属纽扣。这样，士兵们即使大汗淋漓也不会经常用袖口来擦汗了，因为擦起来很不舒服，稍不注意还会被金属扣子划破脸皮。从此，士兵的袖口就不再脏兮兮的了。

后来，贵族们看见袖口上加扣子美观大方，便纷纷仿效。从此，西服的扣子从贵族流传到了民间，也逐渐在世界各地流传起来。

雨衣的发明

1823 年的一天傍晚，天忽然下起了倾盆大雨。

英国一家橡胶厂，下班的铃声敲响了，工人们都打着雨伞，纷纷回家了。可是一个叫麦金杜斯的人，却站在厂房里两眼呆呆地望着窗外。

面对外边的大雨，麦金杜斯长长地叹了口气，没有一点办法。因为他家里太穷了，穷得"叮当"响，连一把伞都买不起。

天快黑下来了，麦金杜斯突然眼前一亮，看见墙上挂着的那件溅满橡胶液的工作服，他连忙拿过来，往身上一穿，消失在雨幕中。

路上还有稀稀拉拉的几个行人，当他们看见麦金杜斯身上这件怪怪的衣裳时，心里不禁暗自发笑。麦金杜斯看在眼里却无暇顾及这些，他只希望自己的衣服能少湿一点儿。到家以后，他脱下一看，衣服几乎没湿多少。他心里有一种说不出的喜悦。

他躺在床上，听着外面"哗哗哗"的雨声，突发奇想："明天就把这件工作服全部涂上橡胶水，不就成了贴身的雨伞了吗？"

第二天，麦金杜斯果真这么做了。嘿！效果特别好。不论多么大的雨，都淋不透它。厂里的同事都学着他的做法，把做出的衣服下雨天穿在身上，别提多高兴了。

当时,老百姓只是用蓑衣防雨,后来才出现防雨布、雨伞等。可是,都抵挡不了狂风暴雨,唯独麦金杜斯发明的这种衣服最适用。麦金杜斯发明了世界上第一件雨衣。

从此,雨衣在世界上使用至今。

饼干的发明

饼干的发明与一次海难紧密相关。

150多年前的一天,一艘英国机帆船正在法国附近的比斯开湾海面上慢慢地航行。突然,一阵狂风恶浪像恶魔一样向机帆船扑来。船长立即指挥船加速向岸边航去,可是,"祸不单行"——船不幸撞到暗礁上了。船长只好命令放下小舢板,全体船员拼命地与风浪搏斗着,挣扎着,划向了不远处的一座小岛。

"糟啦!这小岛上荒无人烟,我们吃什么呀?"船长惊魂稍定后说,"我们总算死里逃生了,可是,不能眼睁睁地又饿死在这荒岛上啊!"

"你看,我们的船虽然翻了,可是船里的食品不一定全被水冲跑了。我们能不能再到船上去看看,或许还能找点儿吃的。"风停了,浪小了,一个细心的船员指着倾斜的帆船说。

别无出路。他们只好驾着小舢板向大船划去。可是,大船里的食品被海浪冲得一塌糊涂:船里储存的面粉、砂糖、奶油等食品全部浸在了海水里,捞起来的时候已经分不清什么是糖,什么是面了。

"不管它,我们先装几袋回去再说吧。"船长失望地说,"既然没有比这更好的选择,总比到岛上啃草吃树叶好吧。"

"船长说得对。"大家齐声附和着。

回到岛上,他们把这些东西混合在一起,捏成了一个个小面团子,又放在火上烘烤着吃,以等待救援。

时间一天天地过去了,茫茫大海上还是不见一艘船驶来,他们只好吃着这些硬硬的面疙瘩艰难度日。

有一天,一位船员突然高兴地说:"船长,这下我们可以吃上发面了。"

原来,从海水里捞上来的那些混合物,经太阳的蒸晒,渐渐地发酵了。船员们喜出望外地把那些面揉成了一个个小馒头,或者制成一个个小饼,再放到火上烤:呀,吃起来又香又脆。"真没想到这么好吃。"大伙儿乐得眉开眼笑,暂时忘了海难的悲伤。

后来,这些船员遇上了一条搭救的船,回到了英国。

为了纪念这次海难,他们又用同样的方法烤出了许多小饼来吃,并把这些小饼叫做"比斯开"。不同的是,这时他们制作的小饼是经过精心发酵而成的,又加上了糖、香料等,而且使用的面粉也特别好,所以这种小饼口感也特别好,又香、又脆、又甜,就连没有遇上那次海难的人也爱吃。渐渐地,大家模仿这种制作方法,特意制成了这种小饼,后来还在小饼上印制了各种各样的花纹,增加了小饼的美感,从而使它在世界各地流行起来。

这就是饼干的来历。

辣酱油的发明

辣酱油是一种流行于世界各地的著名调味汁,它的发明实属偶然。

1837 年前后,英国的桑兹勋爵在印度殖民政府里任职一段时间后,就要回国了,当地的一些政府官员纷纷送来珍贵的物品给他留作

激发灵感的发明故事

169

纪念:有的是洁白的象牙制品,有的是闪光的水晶,有的是贵重的玉器。

"能不能给我带些吃的?"桑兹勋爵笑着对手下的一位印度厨师说。

"哟,大人,您还愁一路上没有好吃的?"厨师哈哈大笑起来。

"我想带点儿你们印度的土特产——原汁原味的本地产品。"

"大人,您就直说吧,只要我能做到的定全力以赴。"厨师直截了当地说。

"没有其他要求,只要你平时给我吃的那种印度酱。"桑兹勋爵有些不好意思地说。

这种印度酱口感很好,新鲜、甜嫩,夹杂着淡淡的辣味。

桑兹勋爵回到英国以后,对这种酱越发爱吃,几乎每次吃饭都要用它来调味,带来的几罐酱越吃越少了。有一天,他突发奇想,找来了一位在伍斯特郡颇有名气的化学师。

"你给我研究研究印度酱的配方,照着配方做些酱来吃吃。"桑兹勋爵爱吃印度酱,就像有的人爱吃味精一样,一顿饭也离不开它了。

这位化学师欣然接受了任务:"没关系,请您放心,我一定让您吃上这种印度酱。"

化学师拿着桑兹勋爵递给他的一罐样品,回到了自己的实验室,对样品进行了仔细的研究,然后照着这些配方购买了相关的原料,终于制成了桑兹勋爵爱吃的"印度酱"。

可是,当他把这种酱恭恭敬敬地递给桑兹勋爵品尝的时候,桑兹勋爵并不像自己希望的那样眉开眼笑。原来,化学师的"杰作"不是那么理想,味道与印度酱相比逊色许多。出于礼貌,桑兹勋爵没有说什么,只是微笑着说:"谢谢你,谢谢你。"

事后,桑兹勋爵就把这罐酱暂时放到了自己的地窖里,原因很简单:不想吃,又舍不得扔掉!时间一天天地过去了,谁也没有在意这罐酱的存在。

有一天,桑兹勋爵到地窖里拿一件物品,无意间又发现了那罐子酱:"嘿,这么长时间了,该好吃些了吧。"他调侃地说着,拿起那罐被遗忘的酱。

他轻轻地打开了那封闭已久的"印度酱"。想不到一揭开盖子,一股清香就扑面而来——原来,这酱已经发酵成熟了。尝一尝,嘿,又辣又鲜,味道比印度酱更好!

他立即把化学师找来,要求他按这种配方继续制作,并把这种酱命名为"伍斯特郡味汁",也就是我们今天的辣酱油。

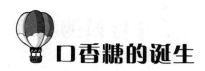

口香糖的诞生

1852 年的一天,美国摄影师托马斯·亚当斯的家里来了一位墨西哥客人,名叫桑塔安纳,他把一包人心果树胶递给了亚当斯。

"这是人心果树胶,能不能用它来制橡胶呢?"桑塔安纳一边谈着他的构想,一边把人心果树胶放到嘴里不停地嚼着。

亚当斯的儿子霍雷肖非常好奇,趁客人不注意时,也拿了一块树胶放进嘴里嚼了起来。"唉,一点儿味道都没有。"嚼了几下,他觉得没有什么意思,就吐了出来。

几天后,桑塔安纳发现,与亚当斯合作的事已成为泡影,非常失望,便留下那包人心果树胶,不辞而别了。

就在不久后的一天中午,亚当斯走在街上,无意中看见一个小姑娘嘴里在不停地嚼着什么,他觉得好奇,就走上前问:"小姑娘,你嘴里嚼的是什么东西呀?"

"是石蜡。"小姑娘张开嘴巴,甜甜地说。

桑塔安纳嚼人心果树胶的情景，立即出现在亚当斯的眼前。

"能不能用人心果树胶来制口香糖呢?"他将自己的想法和儿子一说，一拍即合。

当天晚上，父子俩就找回那包被遗忘的人心果树胶，立即投入了口香糖的研究中。亚当斯父子俩经过精心研制，用人心果树胶来制造口香糖的试验终于成功。后来，他们不断改进，在树胶中添加了各种香料，从而研制出各种不同香型的口香糖。

从此，风靡全世界的口香糖就在一位摄影师的手中诞生了。

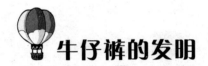 # 牛仔裤的发明

19 世纪 50 年代，美国的淘金热吸引了来自四面八方的人。德国一位名叫李维·施特劳斯的年轻人，也和许多欧洲青年一样，怀着发财的梦想，背井离乡，来到了美国。

可是，到那儿一看，事情并不像他想象的那么美好，眼前的情景令他大失所望：几个金矿早已人满为患，蜂拥而来的淘金者像蚂蚁一样，漫山遍野闲逛。

"花了那么多路费，千里迢迢地来到这儿，难道就这么两手空空地回去吗?"施特劳斯非常苦恼。

望着熙熙攘攘的人群，这个做生意出身的施特劳斯突然眼前一亮，心想：这些人要生存，就需要有大量生活用品，开一家杂货店，一定能赚钱。

第二天，他就在金矿的附近开了一家杂货店。果然不出所料，每天顾客来来往往，络绎不绝，生意十分红火。

一天中午，几个淘金者和几个牛仔买了几瓶酒，在他的店里边喝

边聊,其中一个牛仔唉声叹气地指着腿上的裤子说:

"你看,这些布料太差了,刚买的新裤子,颜色还没变,就磨坏了。"

具有经商天赋的施特劳斯,听到他们的话,立即想到:扩大杂货店的规模,引进一些结实耐磨的布料,进行服装加工。

消息传出去之后,他的第一批裤子刚做完,就被抢购一空。布料已经用完了,又有很多顾客前来订货,而且时间非常紧迫,必须在三天内完成任务。

"怎么办呢?"进货是来不及了,一向守信用的施特劳斯一筹莫展。

他急中生智:"对,把仓库里用来做帐篷的帆布拿来做裤子。"他为这个明智的想法而感到自豪。

可是,到仓库一看,帆布也很有限。他非常着急,心想:只有背水一战——来个偷工减料,将裤裆做短一点儿,裤腿做紧一点儿。

就这样,裤子按期完成了。三天后,这批"伪劣商品"被顾客取走了。他也做了一个坏打算,如果有人找上门来,他就认错。

几天后,来了不少人,他以为是来算账的,吓了一跳。没想到,他们不但不是来退货的,反而是来订货的:"这种裤子不仅耐磨,而且穿起来非常舒服,大方而又得体,便于牛仔上马下马。"

从此,人们就称这种裤子为"牛仔裤"。

牛仔裤是一种低腰身带有金属扣子,缝制时采用特别结实的粗线,而且口袋在外面的粗斜纹棉布裤子。

施特劳斯做梦也没想到,一批伪劣的裤子竟成了一种时尚、一项发明。

后来,施特劳斯获得了牛仔裤的第一个专利。此后,人们又用帆布做成了上衣。于是,牛仔服就问世了。

圣代冰激凌的发明

在炎热的夏天,吃冰激凌是极爽的事。可是,在很久以前,人类并没有制冷设备,那么,人们是怎样吃上冰激凌的呢?流行一时的圣代冰激凌又是怎样产生的?

在我国唐宋时期,人们发现制造火药的硝石溶解于水时会吸收大量的热,使水降温,甚至结冰。于是,人们将糖和一些香料放到水里,并不断地增加硝石,使这些水结冰,终于在夏天能吃上又甜又可口的冰块儿了。到了元朝,意大利人马可·波罗来到中国,把这种制冰技术学会了,带回了意大利,使意大利人在夏天吃上了冰凉的冰块儿。

15世纪,法国的一位皇后卡特琳特别爱吃这种冰凉的冰块儿。他的厨师在制作时别出心裁,加上了奶油、牛奶和各种香料,并在冷冻的半固体状态下刻下美丽的花纹,这便是世界上最早的冰激凌。意大利商人卡尔罗为了吸引顾客,把冰激凌做成了黄、绿、白等颜色,于是有了"三色冰激凌"。后来,美国的商人史密森又创造了别具一格的"圣代冰激凌"。

那是一个轻松愉快的星期天,天气炎热,史密森的冰激凌店的生意也因此特别兴隆,人们排着长队购买冰激凌。

"老板,冰激凌不多了,只有些还没加工的冰块儿。"店里的伙计向老板史密森小声说。

"什么?卖完了?"史密森又惊又喜,连忙说,"再弄些呀,不能眼看着发财的机会让它溜了。"

"这……"伙计为难了。

"瞧,用这个代替。"史密森灵机一动,在剩余的冰块中掺进了一些巧克力和水果汁,并把它搅拌均匀,成为一种色、香、味与众不同的冰激凌。当史密森战战兢兢地把"掺假"的冰激凌售给顾客时,想不到他们赞不绝口,称赞这种新产品既好看又好吃。

第二天,一些顾客还排着队要购买昨天的那种冰激凌。

史密森见了,大喜过望,立即按照昨天的配方,专门生产这种冰激凌,并给它起了个名字,叫"星期天冰激凌",以纪念星期天给自己带来的财运。可是,想不到名字一公布就遭到了教会的反对,说这一天是耶稣安息日,用这个名字是对耶稣的亵渎。史密森这才将名字改成了"圣代冰激凌"。

尽管现在有了各种各样的冰激凌,但是,史密森的圣代冰激凌仍然是人们非常喜爱的一种冰激凌。

中山装的发明

像西服在西方流行一样,中山装从 1923 年诞生以来,在 60 多年的时间内,一直是我们国家男子非常爱穿的服装。那么,中山装为什么能在我国风行一时,又是谁设计的呢? 它的设计者是中国民主革命家孙中山先生。

1923 年,孙中山先生在广州就任大元帅。有一天,他把一直投身于革命的服装设计师黄隆生找来:"我想请你设计出一套新的服装,以体现我们革命党的精神风貌。"

"大元帅,您有什么想法或要求呢?"曾开过洋服店的黄隆生毕恭毕敬地问起来。

孙中山心中早有打算,立即和盘托出自己的想法:"你想一想,我们中国人穿这种长袍大褂,穿几千年了,该改一改了。"

"是啊，这种服装是老夫子才穿的，哈哈，长袍子，后面还拖着一个大辫子……"黄隆生看到气氛非常轻松，就笑着说，"这种服装很古板，行动不便。"

"服装是一种文化，一种民族精神，我们革命也要从革服装的命开始啊！"孙中山停了停，继续说，"打倒了皇帝，也要打倒束缚我们世世代代的旧服装。"

后来，孙中山特别提出，不要完全照搬西服的式样，那样太"宠外"，要设计出有我们自己特色的服装。他经过广泛的调查和研究，决定以当时在南洋华侨中很流行的"企领文装"的上衣为基本式样。

"请问大元帅，在具体的样式上，您有什么要求？"在中山装的制作过程中，黄隆生详细地征询孙中山的意见。

"在企领上加一条翻领，以代替西装衬衣的硬领。这样，一件上衣就兼有西装上衣、衬衣硬领的作用了。"孙中山略一停顿说，"再把企领上衣的三个暗口袋改成四个明口袋，下面的两个明口袋可以制成琴袋式的。"

"哇，口袋真多啊！"黄隆生有些不解地说。

"多吗？多了才可以多装东西。"孙中山大声说，"革命刚刚开始，我们需要不断学习，改革衣袋就是为了让我们的同志在衣袋里能多装一些书本、笔记簿等学习和工作的必需品。在衣袋上加个软盖儿，那是怕我们的同志稍有不慎会掉物品，既可惜又浪费。"

堂堂大元帅为区区一件服装想得竟然是那样周到！可见，他在改革服装上的良苦用心。

后来，孙中山又设计了中山装的裤子：前面的开缝用暗纽，左右各有一个暗口袋，前面有一个小的暗口袋，那是方便装怀表的，右臀部的后面还有一个暗口袋，用一个软盖儿盖上。这样的裤子穿起来很方便，如果携带一些必需品也是很适用的。

几个月以后，由孙中山先生精心设计黄隆生制作的世界上第一套中山装终于诞生了。中国人也从此摆脱了长袍大褂的"束缚",穿着也渐渐开放,渐渐显现出时代特征来。

镜子的发明

大约在400多年以前,古老的威尼斯城(今意大利境内)住着一位玻璃匠,名叫巴门。那时候,在中国已经有了铜镜,而在欧洲镜子还没有造出来。巴门的小女儿长得很漂亮,她常常跑到河边,对着水面梳头。

水面能映出人影,但是不太清楚,女儿常唉声叹气。巴门决定要给心爱的女儿制造一个镜子,让她可以看到自己可爱的脸蛋,还有可爱的微笑。他想在玻璃上打主意,试验多次,都没有成功。

有一天,巴门出去给客户送玻璃。途中路过哥哥家,他就进去休息一会儿,顺便还想向哥哥借点钱。巴门的哥哥是一位打制银餐具的工匠。他一听说弟弟来借钱就不高兴,夺过巴门手中的玻璃板,顺手丢到白银薄板上,说道:"你又要借钱,我还不够用呢!"巴门心里一惊,走过去想看看玻璃碰坏了没有,结果他看到了什么? 他看到玻璃中照出了自己的面孔,形象非常清晰。巴门高兴地说:"我不借钱了,我要借你的银板用一下……"

巴门关门研究了多日,最后决定把银板压得薄薄的,变成银箔,贴在玻璃后面,第一面玻璃镜子就这样造出来了。他的女儿当然很高兴。

当时,威尼斯城还有国王,国王听了这个消息,就把巴门召进皇宫,请他再造一面镜子,送给法国的波丽王后。这是一件两国友好往来的礼品,非常贵重。据说,它的价值是15万法郎。威尼斯国王又在

激发灵感的发明故事

一座孤岛上兴建了一间皇室制镜工厂，严格保密，四周哨岗林立；工人只许进，不许出，谁敢逃跑便处以极刑。

法国的国王路易斯，看到了神奇的镜子，但是自己国家不会制造，心里很不高兴。他对几名暗探说："给你们一个特殊任务……"暗探来到威尼斯，终于弄清了秘密制镜厂设在木兰诺岛。后来，他们在一个深夜偷偷地潜入岛上，绑架了两名制镜技师，并顺利地返回了法国。

公元1666年，在法国的诺曼城，开办了第一家法兰西制镜厂。制镜技术从此走向公开化，渐渐地传到了世界各地。

 ## 抽水马桶的发明

英国女王伊丽莎白一世抱怨她的里士满宫殿里未倒空的便器恶臭难闻。1595年，她的侍臣约翰·哈灵顿爵士前来解难。他在意大利旅行期间听说了一项令人神往的发明，即一种用水冲掉污物的厕所。哈灵顿的抽水马桶终于在里士满宫殿里安装起来了。

哈灵顿对于他为抽水马桶出一本书的主意很感兴趣。但抽水马桶在没有任何排污的主管道，没有自来水，也没有什么钱来支付管道装设费用的情况下，对大多数人而言是不切实际的。大多数人仍然清理倒空便器，或者让"夜间掏粪人"打扫污物，一切依然照旧。

英国发明家约瑟夫·布拉梅在18世纪后期改进了抽水马桶的设计。他采用了一些构件，诸如控制水箱里水流量的三球阀，以及保证污水管的臭味不会让使用者闻到的U形弯管等。他在1778年取得了这种抽水马桶的专利权。

直到19世纪后期，欧洲的城镇都已安装了自来水管道的排污系统，后来大多数人才用上了抽水马桶。甚至像伦敦这样的大城市直到

19 世纪 60 年代也才刚提供排水设施,这时许多人才第一次享受到抽水马桶的好处。而这已是哈灵顿的发明 300 多年之后的事了。

罐装食品的发明

18 世纪 90 年代,拿破仑·波拿巴的军队正在进军欧洲。他们常常难以得到食品,于是 1795 年拿破仑表示将为一种保存食品的方法提供 1.2 万法郎的奖赏。

一位名叫尼古拉·阿珀特的巴黎糖果制造商和面包师获悉了这个消息。这时科学家们一点都不知道食品为什么会腐烂,因此他不得不反复进行试验。在工作了 14 年之后,阿珀特获得了重要的发现:像炖煮的菜肴这样的液态食品以及木莓这类小水果,如果把它们密封在酒瓶里,并且把这些瓶子放在沸腾的水中加热,就可以保存较长时间。

法国陆军和海军严格地试用了阿珀特的食品后,十分喜爱。阿珀特得到了奖金和一份向法国武装部队供应瓶装汤和蔬菜的巨额合同。

伦敦商人彼得·杜兰德获悉了阿珀特的成果。他想把食品密封在金属罐里来替代易碎的瓶子。可是杜兰德没有将这一想法付诸实施。他把专利卖给了两个英国发明家——约翰·霍尔和布赖恩·唐金。他们两人使用的是涂了一层薄锡的钢质罐头,再以焊锡密封以防漏气。

人们尝试着保存食品已有几千年了。有些食品,如鱼或牛肉,可以撒盐或风干;过去大户人家的庭园里常设有冰库,里面用冰贮存着肉和鱼。而罐装食品的发明给人类的生活带来了极大的方便。

激发灵感的发明故事

收割机的发明

盛夏的 7 月,骄阳似火。在麦浪翻滚的田野里,总可以看到一群又一群的农民,头顶烈日、挥汗如雨,收割着成熟的麦子。

当我们每每看到这种情景,人们就会突发奇想:要是能发明一台机器代替农民手中简陋的镰刀,能够风卷残云般地收割庄稼,将农民从繁重单调的劳动中解放出来,那该有多好啊!

现在好了,那些"突突突突"地奔驰在田野上的收割机,将人们的梦想变成现实,给农民们捎来收获季节欢快的福音。

它的发明者是美国弗吉尼亚州的农民麦考米克父子。

其实,在麦考米克父子发明收割机之前,就曾出现过收割机的雏形。

早在 1808 年,有一个名叫萨尔的英国人发明了一种"收割机"。这种"收割机"实际上并不是机械,它不过是在长约 60 厘米的木棒上安装上一排刀刃工具,仍然要用手操作——简单来说,它的结构犹如好几把镰刀同时握在手中一样。

到了 1826 年,又有一个叫贝尔的英国人,他模仿剪刀的原理,制造出一种用马牵引的"收割机"。结果,这种收割机跨入了"机械"的大门,但它实际上只能割而不能收庄稼。因此,确切地说,贝尔的这种机械应该称为"割机"而不算"收割机"。

那么,美国的麦考米克父子是怎样发明收割机的呢?

俗话说:"三百六十行,行行出状元。"麦考米克父子发明收割机,离不开他们对自己所从事的职业的热爱与追求。

麦考米克父子是弗吉尼亚州的农民,他们拥有自己的农场。父亲罗伯特·麦考米克在经营农场的过程中,开了个专门修理农具的小店铺。农场里有许多从事农业劳动的黑人。每到收获季节,这些黑人使用的收割工具常常磨损得特别厉害,因而农具修理成了农场上新的行当。

在父亲的影响下,机灵活泼的儿子赛勒斯·麦考米克自幼和这些农具相伴,他常常动手和父亲一道修理破损的农具。

有一天,看着眼前一大堆亟待修理的农具,又想到农场里干活的一大群黑人,老麦考米克心头一动:要是有一种机器能既快又省力地收割麦子,那该多好啊! 渐渐地,这个念头越来越清晰,并深深地在他心里扎下了根。他开始思索如何设计制作这种从来没有过的机械。

看到父亲不再像平常那样急着修理农具,而是整天摆弄那些不知名的机械,小麦考米克好奇心大发,他禁不住问父亲:"爸爸,您老摆弄这些玩意儿干吗?"

"噢,孩子,我想设计一种能快速省力地收割麦子的机械——对,就叫收割机,我想制造收割机。"

可爱的小麦考米克一听乐了,热切地说:"爸爸,我能帮您的忙吗?我一定可以的,对吗?"

于是,年仅 10 岁的小麦考米克参与了父亲的发明计划。父子携手开始试制收割机。

1816 年,他们终于制成了第一台收割机。兴奋之余,他们忐忑不安地把这台收割机带到麦地里试验。令人遗憾和失望的是,效果并不理想。在一片讽刺挖苦声中,麦考米克父子失败了。

16 年后,小麦考米克长大成人,变得越发聪明成熟了。他始终没有忘记儿时那个未曾实现的梦想,在心里默默立誓一定要研制出真正的收割机。

功夫不负有心人。麦考米克父子又一次携手合作,他们汲取了上次失败的经验教训,认真揣摩人的割麦动作,并参考贝尔的收割机加以改进，终于在 1832 年又试制出一台新型的收割机。

这台收割机需要一个人在前面赶着马，另一个人在后面操纵机器。它不仅能自动割麦子，而且能把割下的麦子自动抛向后方。跟随在收割机后面的农夫，只要从台上卸下麦子即可运回家中。

实际操作表演那天，围得水泄不通的人们大为惊叹——这部看似不起眼的机器，它收割麦子的效率竟然是人工的 6 倍！

后来，麦考米克给自己的发明申请了专利，他创办的收割机厂生意越来越红火，最后成了世界上首屈一指的农业机械公司。

缝纫机的发明

哈威出生在美国一个贫困家庭，16 岁就到缝纫厂做童工。后来，他进了织布机械公司当学徒。这期间，他在那里学到了不少机械方面的知识。

哈威成家后，妻子一连为他生了 3 个孩子。贫困的哈威整天为一家人的生活奔忙，妻子也忙得不可开交，每天除了纺纱、织布、洗衣服、做饭、照顾孩子外，还有似乎永远补不完的衣服。

哈威看见妻子一天天地瘦下去，十分心疼。他尽量多干些粗活、重活，但缝补衣服之类的细活他干不了。

夜晚，妻子在昏暗的灯下一针一针地缝补，哈威有劲帮不上。看着看着，他忽然想：要是能发明一台像手一样缝衣的机器该多好啊！

哈威天天观察妻子的缝纫动作，开始思考如何用机器代替人手指的复杂动作。几个月过去了，他仍没有琢磨出个名堂来。

有一次，哈威观察织布工手里的梭子，发现梭子在纵横交织的线中灵活地穿来穿去，看着看着，他突然想到：如果针孔不是开在针柄上，而是开在针尖上，那么即使针不全部穿过布，不也能使线穿过布吗？当针穿过时，在布的背面就会出现一个线环，假如再用一个带引线的梭子穿过这个线环，这两根线不就达到了缝纫的目的吗？

想到这里，哈威高兴极了，马上就开始了新的设计。1845 年，26 岁的哈威经过反复的试验，终于发明了世界上第一台缝纫机。

圆珠笔的发明

在 1829 年，英国人詹姆士·倍利成功地制出了钢笔尖。倍利的笔尖经过特殊加工，显得圆滑而有弹性，书写起来相当流畅，从而深受人们的欢迎。

然而，这种加工过的笔，还是必须蘸墨水书写，因此仍然显得麻烦。

能不能再进一步改造，使笔既耐用又不必总蘸墨水呢？

还是英国人首开先河。布拉马用银制成笔杆，然后在笔杆里装进墨水，墨水从笔尖流出，似乎可以顺利书写。可是，缺乏控制的墨水总是不听使唤、自由泛滥，将纸面弄得一塌糊涂。

尽管布拉马后来在笔杆里加上一个装墨水的囊，又有人想出了一个巧妙的办法，在笔尖上装一根细细的金属针，以控制墨水的通道，然而，漏水问题仍然得不到彻底地解决。甚至，这种被称作"自来水笔"（也就是现在的钢笔）的书写工具，还给人们带来了麻烦。

据说有一回，美国一家保险公司的业务员华特曼，好不容易在与几位同行的竞争当中，谈妥了一笔大生意。签订合同时，华特曼给客户递上一支精美的自来水笔，请他签名。谁料正当客户提笔欲签时，笔尖滴下一大摊墨水，将好好的一份合同弄脏了。正当华特曼急急忙忙地转身去再取一份新的合同时,身边的竞争对手却乘虚而入,同顾客签下合同,夺走了这笔数额相当可观的生意。这事给华特曼很大的刺激,懊丧之余,他当场立志要设计一支理想的,能够自己控制出水的笔,一支真正意义上的自来水笔。

经历 4 年的艰辛努力,华特曼在总结前人失败经验的基础上,终于在 1884 年发明了比较实用的自来水笔,也就是今天人们生活中不可或缺的钢笔。

科学是无止境的,笔的发展史也证明了这点。从毛笔、鹅毛笔到自来水笔,其间凝聚了人类数千年的智慧和汗水。然而,人类探索的脚步并没有停顿下来。

1888 年,就在华特曼发明自来水笔 4 年之后,美国的劳比提出一种全新概念的笔,它不同于自来水笔,而是在笔尖上装上一个圆球,书写时,随着圆球的滚动,把墨水留在纸上,这就是今天人们所说的圆珠笔。

令人遗憾的是,劳比的尝试失败了,因为圆珠滚动不灵,写不出字;而且,通过圆珠流出的墨水无法控制,会大量漏水而玷污纸面。

于是,这项发明就被耽搁下来。

转眼之间,半个多世纪过去了。1943 年,匈牙利一个名叫拉兹罗·约瑟夫·比克的印刷厂校对员,发现机器上刚印好的清样含水分多,用自来水笔改正,会发生浸润模糊的现象。为了克服这一现象,他便经常琢磨使用各种办法来进行改进。

有一次,比克找来一根圆管,装上油质颜料,把笔尖改成钢珠,使这种笔书写流畅,于是,世界上第一支圆珠笔诞生了。后来,比克将这项发明提供给英国皇家空军。不久,英国的一家飞机制造厂就推出了首批商业化的圆珠笔。

当时,美国有位名叫雷诺的商人看到这种圆珠笔,就像嗅觉灵敏的猎犬发现猎物一样,以商人特有的敏感,认定这是一项前程无量的新产品。

　　一旦认准了目标,雷诺又像校准了航向的轮船一样,开足马力向前疾驶。他一边对圆珠笔的外形进行加工改进,一边展开了声势浩大的宣传工作。

　　那时正值第二次世界大战尾声,雷诺的宣传广告几乎遍及全球五大洲。恰好就在这个时候,原子弹在美国制造成功!为了耸人听闻、招来顾客,雷诺别出心裁地将他生产销售的笔称作"原子笔"。

　　雷诺声称,他的原子笔可以在水下写字,可以在寒冷的北极使用,可以长期书写,而且方便携带,凭着他的三寸不烂之舌,原子笔写进千家万户,与人类形影相随。

化肥的产生

　　现在我们当然都知道,施用氮、磷、钾化肥可以使农作物增产。可是,在150多年前的德国,能认识到这一点的人可不多。那时,农民种地只使用土杂肥,天长日久,地力逐渐下降,农民的收成越来越少,生活也越来越贫困了。富有同情心的吉森大学的化学教授尤斯图斯·李比希,看到这种情况,万分焦虑。"怎么才能使农业增产呢?"李比希苦苦思索着,"看来光靠土杂肥不行,应该闯出条新路来。"那时,李比希也像大家一样,不知道用氮、磷、钾化肥可以增产。但他作为一个化学家,敏锐地考虑到:"应该研究分析一下土杂肥的化学成分,它们凭什么能使农作物增产的?"他首先研究了前人对植物营养之谜的探索成果,搞明白土杂肥中确实含有植物生长所必需的化学物质,如氮、磷、钾等,不过含量有限。

　　"能不能把植物生长所必需的这些化学物质直接施入土中,以增加土壤的肥力,使农作物增产呢?"李比希的脑海里猛然闪现出这么个念头,这可是一个大胆的设想!

光凭脑子想是不行的,关在实验室里做实验,也解决不了问题。于是,教授亲临田间地头,把化学从实验室里"请"了出来,在一块不毛之地做起了施用无机盐类的实地实验来。

李比希带领他的工人们,将试验田分为几个地段,分别施入不等量、不同品种的无机盐类,精心地照看庄稼,一丝不苟地做下详细记录,进行分析、比较。辛勤的劳动,使李比希获得了珍贵的第一手资料,比如,同一种药品,由于用量的不同,效果就不同:用量适中,庄稼根肥苗壮、枝叶茂盛,果实丰满;用量不当(或多或少),庄稼就会茎萎叶黄,甚至枯死绝收。而不同的药品,有的能促进农作物的生长,确有增产的效果;有的反倒对农作物生长不利,甚至起破坏作用。

1840 年,李比希将他田间实验所得的启发写成了一部《有机化学在农业和生理学中的应用》。该书一问世,便引起了国内外的强烈反响,特别是受到农民和庄园主们的热烈欢迎,成了供不应求的抢手货。因为长期困扰着人们的土壤肥力问题,如今终于由李比希作出了科学论证。

李比希告诉人们,植物生长不仅仅需要碳、氢、氧、氮,还需要磷和钾,以及少量的硫、钙、铁、锰、硅等多种元素。植物吸收所有元素的唯一来源,就是土壤。为了不使土壤逐步贫瘠,造成农作物减产,仅靠农家肥、草木灰是远远不够的,必须使用人造肥料,尤其是磷肥和钾肥。于是,李比希又开始转入人造化肥的研制工作。这是人类第一次有意识地制造化肥的尝试。

李比希经过反反复复的试验,终于研制成一种优于碳酸钾(碳酸钾极易溶于水,肥效虽快却难维持)的颗粒状新化肥,施用后,增产效果显著。李比希因此获得生产这种化肥的专利。

李比希率先把化学应用于农业生产,提出了植物的矿质营养学说,确定了恢复土壤肥力的施肥法化学原理。他的研究和实践开拓了农业化学这一崭新领域,开创了农业生产中施用人造化肥的新时代。李比希也因此作为农业化学的奠基人而载入史册。

电视机的发明

电视自发明后就成为人们生活不可缺少的必需品,今天的电视也由过去的黑白电视进化到液晶电视,那么你知道它是怎么发展来的吗?

1866 年,人类实现了有线电报传递后不久,无线电通讯也诞生了。这时人们想:电波能传递声音,那么能不能找到一种传递图像的方法呢?

1873 年,一位名叫史密斯的电气工程师用一种叫"硒"的物质,去维修海底电缆的装置时,发现了一种怪现象,这就是硒遇见阳光后就像电池一样产生电。这个发现引起了科学家们的注意。因为硒在 19 世纪初被发现后,确认是一种不导电的元素。美国工程师肯阿里为此进行了实验,他在两块金属板中间夹上硒做成一个特殊装置。这个装置在阳光照射下,会从金属板发出微弱的电流,因为这是光发电,所以他把这种装置叫做"光电池",它使光电之间的转换成为可能。硒的光敏性被发现,为电视的发明创造了条件。

1884 年,德国发明家尼普科用一块布满极密小孔的网板,在图像或景物前旋转,并把强光打到景物上使光从小孔中通过,射到硒粒上,随着光的变化而产生电流,电流通过电线传送到远处,使远处的小灯泡放光。尼普科在发光的小灯泡前采用同样的一块布满极密小孔的网板,用同样的速度旋转,小灯泡的光通过网板小孔射到白纸上,一幅和发送部位一样的图像就被放映出来。这种光电转换装置虽然设计合理,但由于光电池所产生的电流太弱,达不到要求而试验失败了。尼普科的实验使科学家们进一步认识到,只有把光电池的效能提高,才能满足设计需要。

1912 年,德国的耶斯塔和盖特发明了"光电管",它根据光的强度,转换为不同强度的电能,它的效能要比"光电池"大得多了。1924年,光电管不仅完善,而且已应用于各个方面。这时,美国的福雷斯发明了三极管,它能把微弱的电流放大。科学家们的辛勤劳动,使电视的发明为期不远了。

我们知道,一张拍摄得好的照片有不同的光亮和阴影。如果在靠近一块硒板的地方放一张照片,再把一束光投射到照片上,并移动光束照片的各个部位反射到硒板上,那么,硒板上的感光便会随着图像的明暗变化而产生各种强度不同的电流。这一过程就是图像的"扫描"过程。产生的电流随后被输送到发射机,由发射机用线路或无线电波发射出去,再由接收机接收,并随电波转换成明暗不同的图像,这是最初的摄像显像过程。不过这个过程只能产生静止图像,而电视需要的却是活动图像。于是,人们采用了电影放映的原理,在 1 秒钟内转换图像 20 多张,获得了连续运动的印象效果。

1924 年,英国工程师拜尔德,最先成功研制了机电扫描黑白电视机。他把钻了许多洞的圆盘安装在一根织针上进行扫描,将光投射到转动的圆盘上,圆盘按固定的顺序照亮了图像的不同部位并将其转换成电流,他将这些强度不同的电流变成了图像。第 2 年,拜尔德进行了电视试播。1928 年,拜尔德又在英国首次进行了机电式彩色电视试播。他的摄像机有 3 个摄像管,分别摄取红、绿、蓝 3 种颜色的图像,当这 3 种颜色的图像按顺序投影在屏幕上时,由于速度极快,3 种颜色的图像就混合成自然色的图像。最初的电视机在今天看来,未免有些怪里怪气,非常原始。

现在不仅有黑白电视,还有彩色电视和液晶显示电视。电视机的外形也发生了很大的变化:出现了大屏幕电视,也有像两个香烟盒一样大小的小电视。电视的性能和质量也大大提高了。从上世纪50年代开始出现世界性的电视热潮,到70年代,全世界拥有近3亿台电视机。

电视机的发明,不是一个人在短时间内能够完成的,它集中了人类的科学智慧。电视的发明和广泛使用,终于实现了人类"坐家不出门,便知天下事"的梦想,它大大丰富了人类的文化生活,为人类的进步助一臂之力。

机器人的发明

1966年1月7日,美国空军进行空中补给燃料的训练。只见一架大型轰炸机和一架加油机,如箭离弦,直插云霄。

不料,两架飞机在空中开始相互靠拢时,因没有控制好速度,相互擦了一下,引起两机起火。飞行员只好弃机跳伞,随后飞机坠落。轰炸机上装载的4颗氢弹,除3颗掉在陆地上被安全收回外,还有一颗则落到地中海里。

一颗随时可能"发脾气"的氢弹在海底,自然引起地中海沿岸各国的抗议。美国总统为此伤透了脑筋,只好命令海军和空军联合打捞氢弹。

经过严密搜寻,那颗氢弹找到了:它躺在765米深的海底。显然,任何人都无法下去打捞,因为如此深的海底的水压力是谁也无法承受的。

此时,有人提议请一个名叫"科沃"的机器出马。"科沃"是刚问世不久的机器人。它其貌不扬,身体像一个长方形的箱子,胸前有一只大钢爪。不过,它干起活来,毫不含糊。它的爪子可以一下子抓起几吨重的东西。它聚集着当时人类最先进的成果:它的脑袋是电子计算机,眼睛是摄像机,耳朵是声波探测器,脚是螺旋桨。

果然,"科沃"不负众望,稳稳当当地将氢弹抓了上来。

机器人的"才能"由此可见一斑。

1954 年,美国工程师乔治设想研制一种可用于工业生产的机器人。这种机器人能代替人,从事简单、单调的重复性作业。乔治将他的设想写成书面报告,向政府提出申请。

不久,乔治的申请被批准了。于是,乔治立即组建了机器人研制小组,并购买了必要的工具和材料。为了加工一个零部件、解决一个技术难点,乔治和他的同事不知度过了多少个不眠之夜。

春去秋来,7 年过去了。乔治和他的同事在经历一次次的失败之后。在 1961 年成功地研制出了两个机器人——"万能生产者"和"灵活搬运工"。它们的外形虽有所差别,但都只有一只机械手。这只"手"格外灵活,手腕可以摆动、转动,手臂可以伸长、缩短,而且手劲还特别大。它们的工作效率高,得到人们的极大称赞。

此后,随着科技水平,特别是电子计算机研制水平和机械工业水平的提高,机器人越发聪明能干。

20 世纪 60 年代,科学家已经研制出像"科沃"一样的机器人。它们具有视觉、听觉、触觉,并有一定的记忆和识别能力。在人的控制下,能从事较复杂的工作。

进入 70 年代后,科学家又推出了"会动脑筋"的机器人(智能机器人)。它们装有精密的电子计算机,不仅具有各种感觉,而且还具有分析、判断、推理、计算和学习等功能,在一些不利于人们健康的生产领域以及水下、空中、高压、高温等危险环境的作业中大显身手。它们还能下棋、绘画、写字等。

🎈 冰箱的发明

3000 年前,中国人已知道把冬天的冰块贮藏在地窖里,到夏天时使用,以消除夏日的酷暑。公元 8 世纪,巴格达王国的国王为了降温,在他的避暑山庄里堆满了从国外运来的白雪。

但是,这只是王公贵族的特殊享受。夏天,当热浪笼罩大地时,有时气温比人的体温还要高,人体的热量散不出去,人便要热得昏过去。很久以来,人们就在思索,日常生活环境里是否有些东西一直保持着比周围更低的温度呢?有的,那就是洗脸盆里的水。当盆内的水和周围环境温度相等的时候,由于水不断蒸发而带走热,水的温度持续下降,直到周围空气内的水分对这种温度的水已经饱和了为止,换句话说,水的温度到达了零点。因此,我们如果能够经常分泌汗水保持皮肤湿润,便能保持较低的体表温度。

当气温逐渐接近体表温度时,传导、对流和辐射的影响便逐渐减小,蒸发所占的比重加大。在炎热的天气里,蒸发是主要的散热方式,这便是"天愈热,汗愈多;不怕热,只怕闷"的根本原因。我们不要小看蒸发的作用,一杯水蒸发失去的热,如果积累起来,至少可以烧开 9 杯水。

当人们明白了这个道理时,又是几百年过去了。直到 1834 年,68 岁的发明家雅各布·珀金斯申请到了压缩机的发明专利后,人们才知道如何制作人造冰块。珀金斯的机器与今天我们使用的家用电冰箱原理是一样的:通过蒸发一种压缩的流体来达到制冷效果,接着再重新让它冷凝。只不过,当初珀金斯用的材料是乙醚,而我们今天用的是氨和氟利昂等。

最初的冰箱可不像现在这样气派，它只是一个简易的"冰盒"，里面嵌上石板衬壁，用来隔热，但因为没有藏冰格，肉类等食物保存后容易变色。到 19 世纪末，一些具有商业用途的早期冰箱才开发出来，逐渐进入市场。商家用它装运牛排送到世界各地去，在巴黎的餐馆里还用它来制造冰葡萄酒。大约在第一次世界大战期间，出现了一些体积更小的家用冰箱，但是这种冰箱噪音大，液体容易泄漏，只是在旧式"冰盒"壳内装上了电机和转动的皮带轮而已。

1923 年，瑞典工程师浦拉腾和孟德斯制成了世界上第一台真正意义上的"电冰箱"，它使用电动机带动压缩机运转，电动压缩机和食物箱是分开的。电冰箱内的冷冻剂是氨或硫酸，后来改成氟里昂。至此，家用冰箱开始风靡全球，走进了千家万户。

摩托车的发明

摩托车轻便、快捷，是现代生活的主要交通工具之一。当你赞叹摩托车给你的生活带来许多便利时，请记住它的发明者——戴姆拉。

1834 年 3 月，戴姆拉出生于德国威登堡。在孩童时代，他就对机器机械十分感兴趣。在他看来，机器里蕴藏着许多奥秘。由于家境贫寒，10 岁那年，他就到一家机床厂去干活。虽然在工厂里他只是干些粗脏活，但他感到很快乐，因为他有更多的机会接触机器了。

在工作中，戴姆拉深感自己文化水平太低。他想到学校去学习基础知识。23 岁那年，他如愿地考进了斯图加特工业学校。在学校里，他如饥似渴地学习课内外的文化知识。这为他以后走上发明之路打下了良好的基础。

毕业以后，戴姆拉便在一家机械制造公司找到了一份工作。他并不满足于工厂里安排的简单重复性劳动。他认为,人生最大的快乐在于发明创造。他立志要在机械发展史上写下精彩的一笔。

戴姆拉注意到一个现象:当时街上行驶的汽车都是采用瓦特发明的蒸汽机,以煤炭为燃料。这种汽车行驶时烟雾弥漫,速度缓慢。他想,要是能改变一下汽车的"心脏"——动力装置,那就太有意义了。

不久,他听人介绍,在他之前,早就有一位名叫奥拓的人开始这方面的研究,并研制出了压缩式内燃机。戴姆拉听后,兴奋不已。他向人打听奥拓的住址后,便直奔而去。

见到奥拓后,戴姆拉就将自己的情况以及设想详细地告诉奥拓。两个抱负相同的年轻人,相见恨晚,谈得十分投入。奥拓邀请他加入自己的队伍,担任德意志煤气内燃机制造厂的技术指导。

戴姆拉欣然接受了邀请。两个年轻人的手紧紧地握在了一起。

1876 年,奥拓研制出了四冲程内燃机。1882 年,戴姆拉离开了德意志煤气内燃机制造厂,自己组织了一个专门研究内燃机的机构。1883 年,戴姆拉发明了一种热管点火式汽油内燃机。同年 12 月 16 日,这种内燃机获得了专利。

在此基础上,戴姆拉于 1885 年制成了直立式汽油内燃机。它体积小,重量轻。

戴姆拉的儿子鲍尔·戴姆拉是一位自行车骑手。他有一辆心爱的木制自行车。看到父亲研制出体积小、效率高的内燃机,便向父亲建议道:"爸,你那宝贝可以装到我的车上吗?""行啊,我看完全可以。"

于是,戴姆拉就将直立汽油内燃机装在了自行车上,并装上了两档变速器。世界上第一辆摩托车就这样诞生了。

就在戴姆拉研制出第一辆摩托车时,德国的两位工程师——沃尔夫米勒和汉斯盖霍夫已经看出了这种摩托车的弊端。他们设想将单缸内燃机改装成了双缸内燃机。这样,摩托车的行驶速度将更快,性能也将更完善。

激发灵感的发明故事

洗衣机的发明

大多数家庭缝补浆洗之类的工作,皆由妇女来承担。可是,如今的城市及乡村,已很难看到妇女在河边用棒槌捶打衣物的画面。那种原始的延续了数千年之久的洗衣方式已和我们告别。洗衣机的诞生,把妇女从繁重的家务劳动中解放了出来。

20世纪90年代,日本松下电器公司开发出用模糊理论控制的"爱妻号DAY模糊型"全自动洗衣机,让全球人的洗衣劳动成为一种享受。这种洗衣机的特点是,无论洗涤物有多少,都可以根据衣服的脏污程度自动选择洗涤程序。洗衣服不仅不再是一种负担,还成为快乐生活的一个组成部分。

随着电子工业的发展,洗衣机已从手动、半自动,发展到用电脑控制的全自动洗衣烘干机,衣服的浸、洗、冲、甩、烘,全部由电子计时开关以及监测速度和温度的感应器来控制,你只需放入衣服,按几下按钮,设定好程序,就能自动操作,不必花时间照料。繁重的洗衣劳动变成了按电钮的乐趣,岂不快活!

洗衣机解放了妇女劳动力,这是实实在在的妇女翻身之举。不过,洗衣机也有它艰难的发展历史。原始的洗衣机是木结构的,要靠人力转动摇柄,注水倒水都要用手,而且要花很多时间才能把衣服洗干净。如1874年美国的比尔·布莱克斯通发明的木制手摇洗衣机,木桶底部装有6片叶片,用手柄和齿轮传动,衣服在桶内不断翻转,相互摩擦。用此种方法来洗涤衣物,既费时又磨损衣物。

1880年,美国又制造出用蒸汽动力来代替人力手柄的蒸汽驱动洗衣机。后来,又有人使用水力汽油发动机带动的洗衣机。而当电发明后,洗衣机用电来带动便成为发明家要完成的一项任务。

1906 年,美国芝加哥人费歇设计制造了世界上第一台电动洗衣机。费歇根据原来洗衣机的工作原理,又增加了一个装置,即用电动机驱动一个卧式转筒,这个装置大大减少了人力付出。

后来,美国的一家公司把洗衣机的木桶改成铝桶,提高了洗衣机的机械强度和使用寿命。纽约的另一家公司还制成了电动洗衣甩干两用机,洗衣时,让洗衣桶和一个慢转齿轮啮合;甩干时,再把装有湿衣服的桶提起,竖放在另一根快转驱动轴上,转动时把衣服甩干。

20 世纪 40 ~ 50 年代,附有电热水器和水泵的自动洗衣机,以及转筒式烘干机陆续问世,使洗衣机行业成为商界竞争异常激烈的行业,大大促进了洗衣机工业的发展。洗衣机就是这样一步一个脚印地走向成熟。

 **拉链的发明**

拉链,人们在日常生活中处处可以看见它的踪影,衣裤鞋帽上,提包皮箱上,甚至在笔记本上也有拉链。这个开闭自如的小玩意儿,确实给我们的生活带来了极大的方便。

拉链是美国工程师惠特科姆·贾德森发明的,说来还有一个有趣的故事。

有一次,贾德森乘火车去看望他的一位亲戚,下车时,车门口非常拥挤。他看到一位中年妇女被挤倒在了地上,随身带着的一只袋子也倒在了地上,手压在袋子上,袋口被挤开了,里面装着的大米从口袋里漏了出来。贾德森见状,连忙将自己的提包放在地上,去搀扶那位摔倒在地上的妇女。当他扶起那位妇女时,却发现自己的提包口已经敞开,而且里面的东西都不见了。这件事给了贾德森很大的启发,他认为那位妇女大米的损失和自己包里的东西丢失都是因为提包口封闭不严造成的,假如能有一种能使袋口方便开合的装置,就可以避免这样的损失了。

回家后,贾德森把发明一种能使袋口方便开合的装置作为一件重要的事来做。但真要发明这种貌似简单的装置并非易事,贾德森冥思苦想了很长时间,也理不出一个头绪。有一天,他看见一个木匠正在做一个箱子,木匠用四块带有凹凸齿的木板先做好严丝合缝的箱子的四壁。这使贾德森获得了灵感,他想,在袋子的口袋上装上这种带有凹凸形状的装置,不就能使袋子闭合了吗?

但木匠做箱子是用的木头,做好后不用再次打开,而袋子的开口需要开闭自如。这让贾德森苦恼了一段时间。有一天,贾德森去买一把铁饭勺,看见一排长长的铁饭勺勺柄朝上、勺头朝下倒挂着,但勺部却咬合的很紧,拿不下来。他想,布袋口上开闭自由的装置是否也可以设计成这种咬合方式呢? 于是,按照这个思路,他设计了由一排扣眼和一排扣子组成的拉链,中间用一个铁制的滑片往下一拉,便可使扣眼和扣子依次拉紧。

1893 年,贾德森的拉链样品参加了哥伦比亚的博览会,获得了广泛的好评,贾德森申请了专利。这个粗糙的发明,引起了上校军官沃尔特的注意。沃尔特敏锐地感觉到,这是一项伟大的发明。不久,沃尔特离开了军队,做起了律师,并与贾德森一起创办了一家拉链制造公司。贾德森又投入了数年时间进一步改进拉链装置。由于最初产品粗糙,而且牢固性不够,拉链有时会突然脱牙,因此购买的人不多。这使贾德森沮丧到极点,他几乎不想再干下去。沃尔特这时聘请了瑞典工程师基德恩·桑巴克一起来进行技术攻关。桑巴克研制出一种把金属固定在布条上的拉链,使拉链的性能得到了改善,受到了顾客的欢迎。从此,拉链开始了商业化的生产。

拉链是人类最伟大的发明之一。一个世纪过去了,拉链至今还没有替代产品。

微波炉的发明

火的使用,是人类进步的一大标志。火让人类结束了吃生食的时代。据考证,大约 60 万年前,北京猿人学会了把食物"炮"生而熟,"燔"而食之。我们的祖先,把捕捉到的动物剥皮开膛后或用泥巴裹着放在火上烧烤,或放在烧红的石板上烤炙,以这样的方法来去腥,也使食物增添了美味。这便是烹饪的起源。不管什么国家,不管什么人,虽然各自的饮食习惯不同,但毫无例外地都要使用炊具。那种传统的煮饭烧菜方式受到挑战,实质上也是炊具革命的结果。1946 年,美国人斯潘瑟在研究短波电磁能辐射的过程中,意外地发明了微波炉。1947 年,世界上第一台微波炉问世。微波炉的最大贡献,是把妇女们从厨房里解放了出来。

现在,微波炉已经进入了寻常百姓家。用微波炉烧烤食物非常方便,只要你打开炉门,把加水的生米或肉类装进容器,放入炉里,然后关上炉门,接通电源,不消几分钟,饭或肉就煮熟了。令人称奇的是,同米或肉一起放入炉内的塑料容器并不会变形,也不会融化,炉体本身也没有发热。这是为什么呢?

微波炉,听名字就知道这种炉子使用的能源是微波。微波是一种电磁波。这种电磁波的能量不仅比通常的无线电波大得多,而且还有一碰到金属就发生反射的特点,所以金属根本无法吸收或传导它。微波可以穿过玻璃、陶瓷、塑料等绝缘材料,但不会消耗能量,对含水分的食物,微波不但不能穿透,其能量反而会被吸收掉。

微波炉正是利用微波的这些特性制成的。微波炉的外壳用不锈钢等材料制成，可以阻挡微波从炉内"逃"出来，以免损害人体的健康。装食物的容器用绝缘材料制成，给微波烹好食物"大开绿灯"。微波炉的心脏是磁控管，这是一个微波发生器，用电子管制成，能产生每秒振动达 24.5 亿次的微波。这种肉眼看不见的微波，能穿透食物 5 厘米，并使食物中的水分也随之每秒运动 24.5 亿次。这样剧烈的运动产生了大量的热量，自然把食物"煮"熟了。这就是微波炉加热的原理。

用微波炉进行烹饪比普通炉灶快约 4～10 倍，热效率高达 80% 以上，是其他炉灶无法相比的。